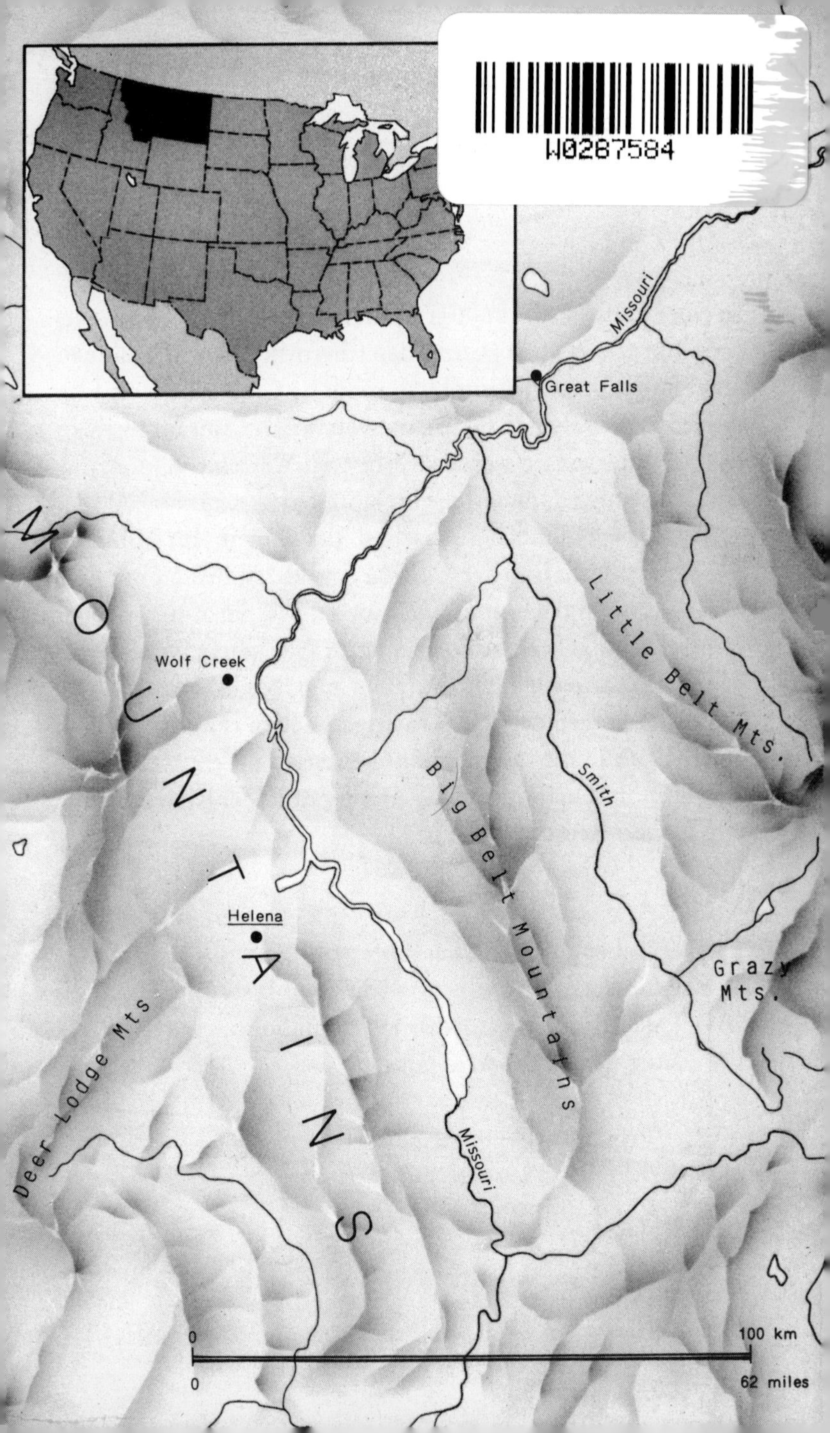
Missouri
Great Falls
MOUNTAINS
Wolf Creek
Little Belt Mts.
Smith
Big Belt Mountains
Helena
Crazy Mts.
Deer Lodge Mts
Missouri
0
100 km
0
62 miles

In einer Sprache, die in ihrer Lakonik Hemingway ebensoviel verdankt wie in ihrer glanzvollen Rhetorik William Faulkner, erzählt der Autor die autobiographische Geschichte von zwei ungleich / gleichen Brüdern, die von ihrem Vater im Fliegenfischen unterwiesen werden. Ort ist der Westen von Montana, die Zeit: einige Sommertage im Jahre 1937.

Was als versöhnlicher Abschluß der gemeinsam verbrachten Tage gedacht ist – der Ausflug der beiden Brüder mit dem Vater –, nimmt ein tragisches Ende, als einer der Brüder ermordet aufgefunden wird. Die Fragen nach Wissen und Nichtwissen, nach Helfenkönnen und Nichthelfenkönnen, kurz: die Fragen nach dem richtigen Leben durchziehen das Buch. Die Summe von Macleans Lebenserfahrung ist zugleich eine Summe der amerikanischen Literatur. Der Roman wurde von Robert Redford verfilmt.

Norman Fitzroy Maclean, Autor und Lehrer, geboren am 23. Dezember 1902 in Iowa. Professor für englische Literatur an der University of Chicago von 1930 bis 1973. Heiratete 1931 Jessie Burns (gestorben 1968, ein Sohn, eine Tochter), starb am 2. August 1990 in Chicago.

Unsere Adresse im Internet: www.fischer-tb.de

Norman Maclean

Aus der Mitte entspringt ein Fluß

Roman

Mit dreizehn Holzschnitten
von Barry Moser

Aus dem Amerikanischen
von Bernd Samland

Fischer Taschenbuch Verlag

2. Auflage: Juli 2003

Ungekürzte Ausgabe
Veröffentlicht im Fischer Taschenbuch Verlag,
einem Unternehmen der S. Fischer Verlag GmbH,
Frankfurt am Main, August 1999

Lizenzausgabe mit freundlicher Genehmigung des
Wolfgang Krüger Verlags, Frankfurt am Main
›Aus der Mitte entspringt ein Fluß‹ erschien als erste von insgesamt
drei Geschichten in der amerikanischen Originalausgabe von 1976
unter dem Titel ›A River Runs Through It and Other Stories‹
bei der University of Chicago Press
Licensed by The University of Chicago Press, Chicago, Illinois, USA

Die Vorsatzkarte wurde gezeichnet von Ruth und Harald Bukor, Eltville
Gesamtherstellung: Clausen & Bosse, Leck
Printed in Germany
ISBN 3-596-14531-7

Für Jean und John,
denen ich lange Geschichten
erzählt habe

In unserer Familie gab es keine klare Trennungslinie zwischen Religion und Fliegenfischen. Wir lebten am Zusammenfluß großer Forellenwasser im Westen von Montana, und unser Vater war presbyterianischer Geistlicher und ein Fliegenfischer, der seine Fliegen selbst band und andere unterwies. Er erzählte uns, daß die Jünger Christi Fischer waren, und wir mußten annehmen, was mein Bruder und ich auch taten, daß alle erstklassigen Fischer am See Genezareth Fliegenfischer waren, und daß Johannes, der Lieblingsjünger, Kunstfliegenfischer war.

Wahr ist, daß ein Tag der Woche ganz der Religion gewidmet war. Jeden Sonntagmorgen gingen mein Bruder Paul und ich zur Sonntagsschule und dann zum ›Morgengottesdienst‹, um unseren Vater predigen zu hören, und am Abend zur Gruppe Junger Christen und danach zum ›Abendgottesdienst‹, um unseren Vater wieder predigen zu hören. Dazwischen, am Sonntagnachmittag, mußten wir, während er sich zwischen den Gottesdiensten erholte, eine Stunde den *Kleinen Westminster Katechismus* studieren und dann aufsagen, ehe wir mit unserem Vater in die Berge gehen durften. Aber er stellte uns nie mehr als die erste Frage aus dem Katechismus: »Zu welchem Zweck lebt der Mensch vor allem auf Erden?« Und wir antworteten gemeinsam, so daß der eine weiterreden konnte, falls der andere versagte: »Der Mensch lebt vor allem zu dem Zweck auf Erden, Gott zu verherrlichen und sich Seiner Herrlichkeit in Ewigkeit zu erfreuen.« Dies schien ihn immer zufriedenzustellen, wie es eine so schöne Antwort ja auch wirklich mußte, und außerdem drängte es ihn in die Berge, wo er seine Seele erfrischte und für die Abendpredigt wieder zum Überfließen füllte. Um sich von neuem aufzuladen, griff er vor allem zu dem Mittel, uns etwas aus der kommenden Predigt vorzutragen, hier und da angereichert mit einer Auswahl der erfolgreichsten Passagen seiner Morgenpredigt.

Dennoch wurden Paul und ich in einer typischen Woche unserer Kindheit wohl ebenso viele Stunden im Fliegenfischen wie in allen übrigen geistigen und geistlichen Dingen unterwiesen.

Nachdem mein Bruder und ich gute Fischer geworden waren, merkten wir, daß unser Vater kein großer Fliegenwerfer war, aber er traf genau, hatte Stil und trug einen Handschuh an seiner Wurfhand. Während er sich den Handschuh zuknöpfte und sich so vorbereitete, uns eine Lektion zu geben, sagte er immer: »Es ist eine Kunst, die in einem Viertakt-Rhythmus zwischen zehn und zwei Uhr ausgeübt wird.«

Als Schotte und Presbyterianer glaubte mein Vater, daß der Mensch von Natur aus ein großer Schlamassel und aus einem ursprünglichen Zustand der Gnade herausgefallen sei. Irgendwie entwickelte sich bei mir schon früh die Vorstellung, daß dies geschehen war, indem er aus einer Baumkrone gefallen war. Was meinen Vater angeht, so habe ich nie gewußt, ob er glaubte, Gott sei Mathematiker, aber er hat gewiß geglaubt, Gott könne zählen, und daß wir nur dann, wenn wir den Rhythmus Gottes aufnehmen, fähig sein werden, Kraft und Schönheit wiederzugewinnen. Im Gegensatz zu vielen Presbyterianern gebrauchte er oft das Wort ›schön‹.

Nachdem er sich den Handschuh zugeknöpft hatte, hielt er seine Rute waagerecht vor sich ausgestreckt, wo sie mit seinem Herzschlag zitterte. Obwohl sie achteinhalb Fuß lang war, wog sie nur viereinhalb Unzen. Es war eine gespleißte Rute aus Bambusrohr aus der weit entfernten Bucht von Tonking. Sie war mit rotem und blauem Seidenfaden umwickelt, und bei der Wicklung war sorgfältig auf die Zwischenräume geachtet worden, um die zarte Rute stark zu machen, aber nicht so steif, daß sie nicht zittern konnte.

Es mußte immer Rute heißen. Wenn jemand sie einen Stock nannte, blickte mein Vater ihn so an, wie ein Sergeant in der US-Marineinfanterie einen Rekruten ansehen würde, der ein Gewehr gerade eine Knarre genannt hatte.

Mein Bruder und ich hätten das Fischen lieber gleich so gelernt, daß wir hinausgingen, einfach ein paar fingen und bei den Vorbereitungen völlig auf alles Schwierige oder Komplizierte verzichteten, was von dem Spaß ablenken würde. Aber wir wurden nicht über den Spaß in die Kunst unseres Vaters eingeführt. Wenn unser Vater das Sagen gehabt hätte, so wäre es keinem Menschen, der nicht richtig zu fischen wußte, gestattet gewesen, einen Fisch durchs Fangen zu entehren. Also werden auch Sie sich dieser Kunst nach Art der Marineinfanterie und Presbyterianer nähern müssen, und wenn Sie auch nie zuvor eine Flugangel in der Hand hatten, werden Sie es bald faktisch und theologisch als wahr erkennen, daß der Mensch von Natur aus ein verdammter Schlamassel ist. Das Viereinhalb-Unzen-Ding mit Seidenwicklung, das mit den subkutanen Bewegungen des Fleisches zittert, wird zu einem hirnlosen Stock, der alles Einfache verweigert, das von ihm verlangt wird. Alles, was eine Rute leisten muß, ist: die Schnur, das Vorfach und die Fliege vom Wasser zu heben, ihnen einen guten Schwung über

Pauls Fischerhut

den Kopf zu geben und sie dann vorwärts schnellen zu lassen, so daß sie ohne ein Klatschen in folgender Reihenfolge im Wasser landen: Fliege, durchsichtiges Vorfach und dann die Schnur – anderenfalls sehen die Fische, daß die Fliege eine Fälschung ist und sind verschwunden. Selbstverständlich gibt es besondere Wurfarten, die jeder von vornherein als schwierig einstufen würde, und sie erfordern Kunstfertigkeit – wenn der Fischer die Schnur nicht über den Kopf schleudern kann, weil direkt hinter ihm Felswände oder Bäume sind; seitliches Auswerfen, um die Fliege unter überhängende Weiden zu bringen und so weiter. Doch was ist so bemerkenswert an einem einfachen Wurf geradeaus – wenn man einfach nur eine Rute mit einer Schnur daran in die Hand nimmt und die Schnur über den Fluß schleudert?

Nun, bis der Mensch erlöst ist, wird er die Fluganel immer zu weit zurückwerfen, genauso wie der Mensch von Natur aus mit der Axt oder dem Golfschläger zu weit ausholt und seine ganze Kraft irgendwo in der Luft verliert – nur ist es bei einer Angelrute schlimmer, weil die Fliege oft so weit nach hinten saust, daß sie sich im Gebüsch oder im Gestein verfängt. Wenn mein Vater von einer Kunst sprach, die um zwei Uhr aufhöre, fügte er oft hinzu: »Eher gegen zwölf als gegen zwei«, womit er meinte, daß die Angelrute nur wenig über den Kopf zurückgezogen werden sollte (die Position direkt über dem Kopf war dann zwölf Uhr).

Da nun der Mensch von Natur aus nach Macht und Stärke trachtet, ohne die Gnade wiederzuerlangen, läßt er die Schnur vor- und zurückpeitschen, so daß sie jedesmal pfeift und manchmal sogar die Fliege vom Vorfach abreißt, aber die Kraft, welche die kleine Fliege über den Fluß tragen sollte, wird zu stark abgelenkt, um aus Angelschnur, Vorfachschnur und Fliege ein Vogelnest zu bauen, das aus der Luft zehn Fuß vor dem Fischer ins Wasser fällt. Wenn er sich jedoch den Rundflug von Angelschnur, durchsichtigem Vorfach und Fliege von dem Augenblick, wo sie das Wasser verlassen, bis zu dem Augenblick, wo sie zurückkehren, bildlich vorstellt, sind sie leichter zu werfen. Sie kommen natürlich mit der schweren Schnur zuerst und vorneweg aus dem Wasser, während das leichte und durchsichtige Vorfach und die Fliege hinterhertrudeln. Aber wenn sie über den Kopf fliegen, brauchen sie eine kleine Atempause, so daß das leichte, durchsichtige Vorfach und die Fliege die schwere Angelschnur, die jetzt wieder nach vorn schnellt, einholen und hinter sich zurücklassen können; anderenfalls wird die Angelschnur, die sich auf den Rückweg begibt, mit dem Vorfach und der Fliege, die noch im Aufsteigen begriffen sind, zusammenstoßen, und das Vogelnest wird ein Schlamassel sein, der zehn Fuß vor dem Fischer ins Wasser klatscht.

Fast im selben Augenblick jedoch, da bei der Vorwärtsbewegung die Reihenfolge von Angelschnur, Vorfach und Fliege wiederhergestellt ist, muß sie auch schon wieder umgekehrt werden, weil Fliege und durchsichtiges Vorfach sich vor der schweren Angelschnur befinden müssen, wenn sie auf der Wasseroberfläche landen. Wenn das, was der Fisch zu sehen bekommt, die deutlich sichtbare Schnur ist, wird der Fischer verschwindende schwarze Pfeile zu sehen bekommen, und er könnte sich genausogut gleich zum nächsten Kolk aufmachen. Hoch über dem Kopf also, beim Wurf nach vorn (ungefähr um zehn Uhr), hält der Fischer noch einmal inne.

Der Viertakt-Rhythmus ist freilich funktional. Bei Eins verlassen Angelschnur, Vorfach und Fliege das Wasser; bei Zwei fliegen sie anscheinend geradewegs in den Himmel; mit der Drei drückte mein Vater aus, daß ganz oben dem Vorfach und der Fliege eine kleine Atempause gegeben werden muß, damit sie hinter die Angelschnur gelangen, die wieder nach vorne fliegt; bei Vier heißt es, die Kraft einsetzen und der Rute Schnur geben, bis man zehn Uhr erreicht – dann innehalten, Fliege und Vorfach vor die Angelschnur gelangen lassen, und zu einer weichen und vollkommenen Landung aufsetzen lassen. Macht kommt nicht aus der Kraft allein, sondern aus dem Wissen, wo man sie einsetzen muß. »Denkt daran«, wie mein Vater immer wieder sagte, »es ist eine Kunst, die in einem Viertakt-Rhythmus zwischen zehn und zwei Uhr ausgeübt wird.«

Mein Vater war sich gewisser Dinge, die das Universum betreffen, sehr sicher. Für ihn kommen alle guten Dinge – Forellen ebenso wie ewige Erlösung – aus der Gnade, und Gnade kommt aus der Kunst, und Kunst kommt nicht von allein.

Also lernten mein Bruder und ich auf presbyterianische Art, die Angel auszuwerfen, und zwar nach einem Metronom. Es war Mutters Metronom, das Vater vom Klavier in der Stadt mitgenommen hatte. Sie blickte dann gelegentlich von der Veranda der Hütte hinunter zum Ufer, während sie sich nervös fragte, ob ihr Metronom wohl schwimmen würde, wenn es müßte. Einmal war sie so außer sich vor Erregung, daß sie zum Ufer heruntergestürzt kam, um das Metronom wieder an sich zu nehmen, und seitdem schlug mein Vater den Viertakt-Rhythmus mit den Händen.

Schließlich machte er uns mit Literatur zu dem Thema bekannt. Er bemühte sich immer um ein Wort mit Stil, während er sich den Handschuh an seiner Wurfhand zuknöpfte. »Izaak Walton«, so sagte er uns, als mein Bruder dreizehn oder vierzehn war, »ist kein respektabler Schriftsteller. Er war ein Episkopale und angelte mit Ködern.« Obwohl Paul drei Jahre jünger war als ich, war er mir in allem, was mit dem Fischen zu tun hatte, weit voraus, und er war es, der zuerst ein Exemplar von Waltons *Der Vollkomne Angler* auftrieb und mir darüber berichtete: »Der Bastard weiß nicht mal, wie man das Wort ›vollkommen‹ schreibt. Außerdem hat er da Lieder für Milchmädchen drin.« Ich borgte mir sein Exemplar und berichtete ihm wiederum: »Einige der Lieder sind ziemlich gut.« Er sagte: »Wer hat denn je am Big Blackfoot River ein Milchmädchen gesehen?«

»Ich würde«, sagte er, »gerne mal einen Tag mit ihm am Big Blackfoot fischen – mit einer kleinen Wette nebenbei.«

Der Junge war ja so wütend, und ich habe in Gedanken nie daran gezweifelt, daß er das episkopalische Geld genommen hätte.

In den Jahren zwischen dreizehn und neunzehn – vielleicht auch das ganze Leben hindurch – hält man als drei Jahre älterer seinen Bruder oft für einen kleinen Jungen. Ich wußte jedoch schon, daß er einmal ein Meister im Umgang mit der Rute sein würde. Neben seiner hervorragenden Ausbildung besaß er noch jenes gewisse Mehr – Genius, Glück und jede Menge Selbstvertrauen. Bereits in seinem Alter wettete er gerne auf sich selbst gegen jeden, der mit ihm fischen ging, mich, seinen älteren Bruder, eingeschlossen. Manchmal war es komisch und manchmal nicht so komisch, einen Jungen zu sehen, der immer auf sich selbst wetten wollte und nahezu sicher war zu gewinnen. Obwohl ich drei Jahre älter war, fühlte ich mich noch nicht alt genug zum Wetten. Wetten, so glaubte ich, war etwas für Männer, die Strohhüte trugen und in den Nacken schoben. So war ich verwirrt und verlegen, als er mich die ersten beiden Male fragte, ob ich nicht »eine kleine Wette nebenbei« wollte, »um es ein bißchen interessanter zu machen«. Als er mich zum dritten Mal fragte, muß ich wütend geworden sein, denn er hat nie wieder mit mir über Geld gesprochen, nicht einmal darüber, ihm ein paar Dollars zu leihen, als er wirklich Geldsorgen hatte.

Wir mußten sehr vorsichtig im Umgang miteinander sein. Ich habe ihn oft für einen kleinen Jungen gehalten, aber ich konnte ihn nie als einen solchen behandeln. Er war nie mein ›kleiner Bruder‹. Er war Meister einer Kunst. Er wollte keinerlei Rat oder Geld oder Hilfe von einem großen Bruder, und, am Ende, konnte ich ihm auch nicht helfen.

Da es zu den frühesten Wünschen von Brüdern

gehört, herausfinden zu wollen, wie sie sich voneinander unterscheiden, gehört die Sache mit seiner Lust am Wetten zu meinen ältesten Erinnerungen an Paul. Er ging auf die Bauernjahrmärkte der Bezirke und tat so, als ob er auf Pferde setzte, wie die Männer, nur daß kein Buchmacher seine Einsätze annehmen wollte, weil sie zu klein waren und er zu jung. Wenn seine Wetteinsätze abgelehnt wurden, sagte er, wie er es von Izaak Walton und jedem anderen sagte, den er als Rivalen betrachtete: »Ich würde mit dem Bastard gerne einen Tag an den Blackfoot gehen, mit einer kleinen Wette nebenbei.«

Als er Anfang zwanzig war, mischte er schon bei den großen Studpoker-Spielen mit.

Die Umstände trugen dazu bei, die Unterschiede zwischen uns zu vergrößern. Die Einberufungen im Ersten Weltkrieg führten sofort dazu, daß es im Wald an Männern fehlte, also fing ich mit fünfzehn Jahren an, für den Forstdienst der Vereinigten Staaten zu arbeiten, und noch viele Sommer danach arbeitete ich im Wald, entweder für den Forstdienst oder in Holzfäller-Camps. Ich war gerne im Wald, und ich arbeitete gerne, aber in ziemlich vielen Sommern bin ich nicht groß zum Fischen gekommen. Paul war zu jung, um den ganzen Tag eine Axt zu schwingen oder eine Säge zu ziehen, und außerdem hatte er sich schon zu diesem frühen Zeitpunkt vor allem für zwei Ziele im Leben entschieden: Er wollte fischen gehen und nicht arbeiten, zumindest sollte die Arbeit seinem Fischen nicht in die Quere kommen. Also besorgte er sich in seinen jungen Jahren einen Sommerjob als Rettungsschwimmer im öffentlichen Schwimmbad. So konnte er am frühen Abend fischen gehen und tagsüber die Mädchen in Badeanzügen Revue passieren lassen, um sich mit ihnen für den späteren Abend zu verabreden.

Als es dann um die Berufswahl ging, wurde er Reporter. Bei einer Zeitung in Montana. So war er schon früh der Verwirklichung der Ziele des Lebens nahegekommen, die seiner Auffassung nach nicht im Widerspruch zur Antwort auf die erste Frage im *Westminster Katechismus* standen.

Zweifellos wären die Unterschiede zwischen uns nicht so groß erschienen, hätten wir uns als Familie nicht so eng verbunden gefühlt. In unserer Sonntagsschule standen an einer Wand die Worte: Gott ist die Liebe. Wir haben immer angenommen, daß diese Worte direkt an alle vier unserer Familie gerichtet waren und keinerlei Bezug hatten zur Außenwelt, in der es, wie mein Bruder und ich bald entdeckten, nur so wimmelte von Bastarden, deren Anzahl um so rapider zunahm, je weiter man sich von Missoula im Staate Montana entfernte.

Auch die Erkenntnis, daß wir harte Burschen waren, teilten wir. Diese nahm mit dem Alter noch zu, jedenfalls bis wir weit über zwanzig waren und wahrscheinlich noch länger, möglicherweise viel länger. Aber in unserer Härte zeigten sich auch die Unterschiede zwischen uns. Ich war hart insofern, als ich das Produkt harter Institutionen war – des Forstdienstes der Vereinigten Staaten und der Holzfäller-Camps. Paul war hart insofern, als er glaubte, härter zu sein als jegliche Institution. Meine Mutter und ich sahen Morgen für Morgen mit Entsetzen zu, wenn dieser schottische Geistliche sein kleines Kind dazu bringen wollte, Haferflocken zu essen. Auch mein Vater war entsetzt – zuerst, weil ein Kind seines eigenen Fleisches Gottes Hafer nicht essen wollte, und dann, als die Tage vergingen, weil sein Knirps von Kind sich als härter erwies als er. Während der Geistliche wütete, senkte das Kind den Kopf über das Essen und faltete die Hände, als ob sein Vater das Tischgebet spräche. Das Kind gab nur ein einziges Zeichen seines eigenen großen Zorns von sich. Seine Lippen schwollen an. Je hitziger mein Vater wurde, desto kälter der Haferbrei, bis schließlich mein Vater ausgebrannt war.

So hielt sich nicht nur jeder von uns selbst für hart, er wußte auch, daß der andere sich dafür hielt. Paul wußte, daß ich schon Vormann von Waldbrandmannschaften gewesen war und daß ich ihn, wenn er für mich arbeitete und im Dienst trank, wie er es als Reporter tat, zurück ins Camp schicken würde, damit er seine Papiere hole und sich aus dem Staub mache. Mir war klar, daß die Aussichten, daß er ein Feuer bekämpfen würde, genauso gering waren wie die, daß er seine Haferflocken essen würde.

Wir waren uns einig bei einer wesentlichen Theorie über Straßenschlägereien – wenn es so aussieht, daß es zu einer kommt, haut man am besten als erster rein. Wir waren beide der Meinung, daß die meisten Burschen nicht so hart sind wie ihre Sprüche – auch nicht die, deren Sprüche so hart sind wie ihr Aussehen. Wenn sie plötzlich merken, daß ein paar Zähne locker sind, streichen sie sich über den Mund, sehen das Blut an ihren Händen und wollen eine Lokalrunde schmeißen. »Aber selbst wenn sie dann immer noch Lust auf eine Schlägerei haben«, wie mein Bruder sagte, »hast du einen Treffer Vorsprung, wenn der Kampf losgeht.«

Es gibt nur einen wunden Punkt in dieser Theorie – sie stimmt nur statistisch. Hin und wieder stößt man auf einen Kerl, der sich genauso gerne prügelt wie man selbst, und es auch noch besser kann. Wenn man zuerst losschlägt und ihm ein paar Zähne lokkert, wird er einen vielleicht völlig fertigmachen wollen.

Ich nehme an, es war unvermeidlich, daß mein Bruder und ich uns eine große Schlägerei liefern würden, die auch unsere letzte sein sollte. Als es dazu kam, war sie, entsprechend unserer Theorie über Schlägereien, wie die *Battle Hymn of the Republic*: schrecklich und schnell. Manches davon habe ich gar nicht gesehen. Ich habe nicht gesehen, wie unsere Mutter zwischen uns trat und uns zu trennen versuchte. Sie war klein und trug eine Brille, und selbst wenn sie die aufhatte, sah sie nur sehr schlecht. Sie hatte noch nie eine Schlägerei gesehen und hatte auch keine Ahnung, wie schlimm man verletzt werden kann, wenn man in eine verwickelt wird. Sie war offenbar nur zwischen ihre beiden Söhne getreten. Das erste, was ich von ihr sah, war ihr grauer Scheitel, das Haar zu einem dicken Knoten gebunden, in dem ein großer Kamm steckte; am meisten fiel mir aber auf, daß sie mit dem Kopf so dicht bei Paul war, daß ich ihm keinen guten Schlag versetzen konnte. Dann habe ich sie nicht mehr gesehen.

Der Kampf schien plötzlich von selbst aufzuhören. Sie lag zwischen uns am Boden. Dann fingen wir beide an zu heulen und uns wütend zu schlagen, und jeder schrie: »Du Hurensohn, du hast meine Mutter niedergeschlagen.«

Sie stand vom Boden auf und, blind ohne Brille,

taumelte im Kreis zwischen uns hin und her, wobei sie, ohne zu erkennen, welchen von uns beiden sie gerade ansprach, sagte: »Nein, du bist es nicht gewesen. Ich bin nur ausgerutscht und hingefallen.«

Das war also das einzige Mal, daß wir uns je geprügelt haben.

Vielleicht haben wir uns immer gefragt, wer von uns härter war, aber wenn Kindheitsfragen nicht vor einem bestimmten Zeitpunkt beantwortet werden, können sie nie wieder gestellt werden. Also gingen wir wieder in Güte miteinander um, wie es die Inschrift an der Wand nahelegte. Wir hatten auch das Gefühl, daß die Wälder und Flüsse gütig zu uns waren, wenn wir gemeinsam an ihnen entlanggingen.

Es stimmt, daß wir nicht mehr oft gemeinsam fischen gingen. Wir waren jetzt beide Anfang dreißig, und ›jetzt‹ ist von nun an der Sommer 1937. Mein Vater hatte sich zur Ruhe gesetzt, und er und Mutter lebten in Missoula, unserem alten Heimatort, und Paul war Reporter in Helena, der Hauptstadt von Montana. Ich war ›abgehauen und verheiratet‹, um die Beschreibung meines Bruders für dieses Ereignis in meinem Leben zu verwenden. Ich lebte damals bei der Familie meiner Frau in dem kleinen Ort Wolf Creek, da aber Wolf Creek nur vierzig Meilen von Helena entfernt ist, sahen wir uns noch von Zeit zu Zeit, was natürlich bedeutete, daß wir hin und wieder gemeinsam fischen gingen. In der Tat war ich jetzt aus dem Grund nach Helena gekommen, um mit ihm übers Fischen zu reden.

Tatsache ist auch, daß meine Schwiegermutter mich darum gebeten hatte. Ich war nicht glücklich darüber, aber ich war mir ziemlich sicher, daß mein Bruder schließlich ›Ja‹ sagen würde. Er hatte noch nie offen ›Nein‹ zu mir gesagt, und er liebte meine Schwiegermutter und meine Frau, die er in die Schrift an der Wand mit einschloß, auch wenn er nie begreifen konnte, »was über mich gekommen war«, das erklären würde, wieso ich je ans Heiraten gedacht hatte.

Ich traf ihn auf der *Last-Chance-Gulch* vor dem Montana Club, der von reichen Goldschürfern angeblich auf der Stelle errichtet worden war, wo man einst Gold gefunden hatte. Obwohl es erst zehn Uhr vormittags war, hatte ich den Verdacht, er wollte einen trinken gehen. Ich hatte ihm etwas mitzuteilen, bevor ich die Frage stellen konnte.

Nachdem ich es ihm mitgeteilt hatte, sagte mein Bruder: »Er ist mir genauso willkommen wie ein Tripper.«

Ich sagte zu meinem Bruder: »Sei nicht so streng mit ihm. Er ist mein Schwager.«

Mein Bruder sagte: »Ich gehe nicht mit ihm

fischen. Er kommt von der Westküste, und er angelt mit Würmern.«

Ich sagte: »Laß den Quatsch. Du weißt, er ist in Montana geboren und aufgewachsen. Er arbeitet bloß an der Westküste. Und jetzt kommt er zurück, um hier Urlaub zu machen, und er schreibt seiner Mutter, er möchte gerne mit uns fischen. Besonders mit dir.«

Mein Bruder sagte: »Praktisch alle Leute an der Westküste sind in den Rocky Mountains geboren, wo sie als Fliegenfischer Versager waren, und so sind sie an die Westküste gegangen und Rechtsanwälte, vereidigte Buchprüfer, Präsidenten von Flugzeuggesellschaften, Glücksspieler oder Mormonenmissionare geworden.«

Ich war mir nicht sicher gewesen, ob er gerade einen trinken gehen wollte, aber er hatte sich schon einen genehmigt.

Wir standen da und musterten einander, es gefiel uns nicht, was vor sich ging, aber wir hüteten uns davor, unsere Meinungsverschiedenheit auf die Spitze zu treiben. Dabei lagen wir eigentlich, was meinen Schwager anging, nicht sehr weit auseinander. In mancher Hinsicht konnte ich ihn sogar noch weniger leiden als Paul es tat, und es ist kein Vernügen, jemanden, den man nicht leiden kann, mit dem Gesicht der eigenen Frau herumlaufen zu sehen.

»Außerdem«, sagte mein Bruder, »ist er Köderfischer. Diese ganzen Montana-Boys an der Westküste sitzen nachts in Bars rum und lügen sich gegenseitig die Hucke voll über ihre Kindheit in der Wildnis des Westens, als sie alle Jäger, Trapper und Fliegenfischer waren. Aber wenn sie nach Hause zurückkehren, geben sie ihren Müttern nicht mal einen Begrüßungskuß auf der Veranda, bevor sie hinterm Haus im Garten mit einer roten *Hills-Bros.*-Kaffeedose nach Würmern für den Angelhaken graben.«

Mein Bruder und sein Chefredakteur schrieben die Zeitung von Helena fast ganz allein. Der Chefredakteur war einer der letzten Kleinstadtjournalisten aus der klassischen Schule persönlicher Beschimpfungen. Er fing frühmorgens an zu trinken, damit ihm tagsüber kein Mensch leid täte, und er und mein Bruder bewunderten einander sehr. Vom Rest der Stadt wurden sie gefürchtet, vor allem, weil sie gut schreiben konnten, und in dieser feindlichen Welt bedurften sie der Liebe ihrer Familien, die sie auch erhielten.

Ich merkte inzwischen, daß ich meinen Bruder daran hinderte, einen zu trinken, und, ganz klar, da sagte er auch schon: »Geh'n wir rein und heben einen.«

Ich machte den Fehler, so zu klingen, als hätte ich

Angst, offen seine Moral zu kritisieren. Ich sagte: »Tut mir leid, Paul, aber für mich ist es noch zu früh am Morgen, um mit dem Trinken anzufangen.«

Da ich also rasch etwas hinzufügen mußte, machte ich meine Moral, jedenfalls in meinen eigenen Augen, nicht gerade besser, indem ich sagte: »Florence hat mich gebeten, dich zu bitten.«

Ich haßte es, den Schwarzen Peter meiner Schwiegermutter zuzuschieben. Ein Grund, warum Paul und ich sie liebten, war, daß sie aussah wie unser Vater. Beide waren Schotten und kamen aus Kanada, beide hatten blaue Augen und rotblondes Haar, rotes, als sie jünger gewesen waren, und beide sprachen den Au-Laut in ›about‹ als ›u‹ aus, wie die Kanadier, die es als Dichter glatt auf das Wort ›snoot‹ reimen würden.

Es konnte mir allerdings auch nicht zu sehr leid tun, denn es war wirklich sie gewesen, die mich zu der Bitte angestiftet hatte, und sie hatte angefangen, mich zu verwirren, indem sie ein gewisses Quantum Wahrheit unter ihre Schmeichelei mischte. »Zwar verstehe ich nicht viel vom Fischen«, sagte sie, »aber ich weiß doch, daß Paul der beste Fischer weit und breit ist.« Das war eine vielschichtige Aussage. Sie wußte die Fische zu putzen, wenn die Männer es vergessen hatten, und sie wußte sie zuzubereiten, und, was am wichtigsten war, sie wußte, daß sie immer in den Fischerkorb schauen und »meine Güte!« ausrufen mußte; also wußte sie alles, was jede Frau ihrer Zeit übers Fischen wußte, obwohl es auch stimmt, daß sie ganz und gar nichts übers Fischen wußte.

»Ich würde Neal so gern bei ihm und dir wissen«, schloß sie, zweifellos in der Hoffnung, daß wir seine Moral sogar noch mehr als seinen Wurf verbessern würden. In unserer kleinen Stadt waren Paul und ich als ›die Pfarrersbrut‹ bekannt, und die meisten Mütter verkniffen es sich, vor ihren Kindern mit dem Finger auf uns zu zeigen, aber für die schottische Frau waren wir ›die Pastorensöhne‹, und als Fliegenfischer standen wir sowieso den ganzen Tag bis zum Bauch im kalten Wasser, wo sich die Unmoral einigen wirklichen, aber wie sich herausstellte, nicht unüberwindlichen Problemen gegenüber sieht.

»Armer Junge«, sagte sie und fügte dem Wort ›arm‹ so viele schottische R-Laute hinzu, wie sie nur konnte. Mehr als die meisten anderen hatten sich schottische Mütter ans Wanderleben und an die Sünde gewöhnen müssen, und für sie sind alle Söhne verlorene Söhne und zu Hause willkommen. Die schottischen Männer jedoch stehen heimkehrenden männlichen Verwandten viel reservierter gegenüber, und wenn sie sie trotzdem willkommen heißen, dann weitgehend unter dem machtvollen Einfluß ihrer Frauen.

»Klar, mach ich«, sagte Paul, »wenn Florence es sich von mir wünscht.« Und ich wußte, daß er mich, nachdem er mir sein Wort gegeben hatte, nie wieder im Stich lassen würde.

»Geh'n wir einen trinken«, sagte ich, und das um Viertel nach zehn. Ich zahlte.

Kurz vor Viertel nach zehn sagte ich ihm, daß Neal übermorgen nach Wolf Creek kommen würde und daß wir am Tag darauf im Elkhorn fischen gehen wollten. »Es soll ein Familienpicknick sein«, erzählte ich ihm.

»Ist gut«, sagte er. Der Elkhorn ist ein kleiner Fluß, der in den Missouri mündet, und Paul und ich waren Großfisch-Angler, die mit Verachtung auf die Ehemänner jener Frauen hinabsahen, die sagen müssen: »Wir mögen die Kleinen – sie ergeben das beste Essen.« Aber der Elkhorn hat viele Besonderheiten, zu denen auch riesige Steinforellen gehören, die sich ihren Weg vom Missouri flußaufwärts erkämpfen.

Obwohl der Elkhorn unser liebster kleiner Fluß war, sagte Paul, nachdem er die zweite Runde bezahlt hatte: »Ich brauche morgen nicht vor dem Abend auf der Matte zu stehen, also, wie wär's, wenn wir den Tag blaumachen und den großen Fluß

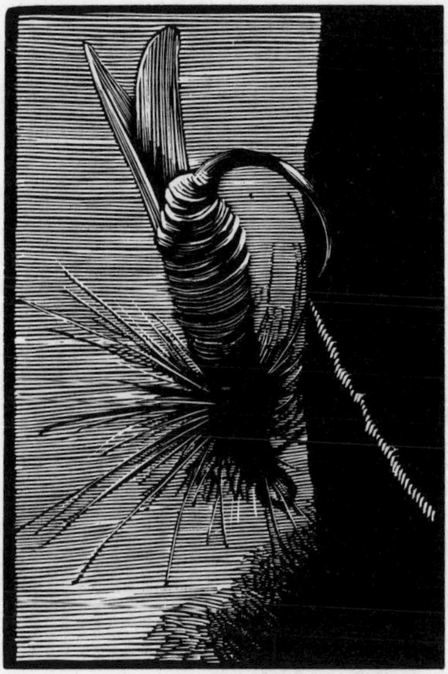

Braune Feder

Funktioniert am besten in langsamen
Flüssen wie dem Bitterroot River
bei Missoula und sechzig Meilen südlich.

fischen, nur wir zwei, bevor wir zu dem Picknick müssen?«

Paul und ich fischten in vielen großen Flüssen, aber wenn einer von uns vom ›großen Fluß‹ sprach, wußte der andere, es ging um den Big Blackfoot. Das ist nicht der größte Fluß, in dem wir fischten, aber er ist am mächtigsten, und so sind auch, nach Pfunden, seine Fische. Er fließt mit voller Kraft geradeaus – auf der Landkarte oder vom Flugzeug ist sein Lauf fast eine gerade Linie, die von seinem Quellgebiet am Rogers Pass auf der Kontinentalen Wasserscheide direkt westwärts nach Bonner, Montana, verläuft, wo er in den South Fork mündet, der in den Clark Fork mündet, der sich in den Columbia River ergießt. Er fließt die ganze Strecke mit voller Kraft.

An seinem Quellgebiet auf der Wasserscheide gibt es eine Mine mit einem Thermometer, das bei 69,7 Grad unter Null stehenblieb, die tiefste Temperatur, die je in den Vereinigten Staaten (Alaska ausgenommen) verzeichnet wurde. Von seiner Quelle bis zur Mündung haben Gletscher sein Bett geformt. Die ersten fünfundsechzig Meilen seines Laufs werden von Gletschern, die aus dem Norden kamen und die Erde zu Schrunden aufrissen, gegen die Südwand seines Tales gepreßt; sein Unterlauf von fünfundzwanzig Meilen entstand über Nacht, als der große eiszeitliche Gletschersee, der das nordwestliche Montana und das nördliche Idaho bedeckte, seinen Eisdamm sprengte und die Überreste der Berge von Montana und Idaho Hunderte von Meilen weit über die Ebenen des östlichen Washington verteilte. Es war die größte Flut der Welt, für die es geologische Beweise gibt; es war ein dermaßen weitreichendes geologisches Ereignis, daß der menschliche Geist es sich nur vorstellen, aber nicht beweisen konnte, bis es möglich war, von Erdsatelliten aus photographische Aufnahmen zu machen.

Auch die gerade Linie auf der Landkarte läßt auf seinen eiszeitlichen Ursprung schließen; der Fluß hat kein Mäandertal, und die wenigen Farmen liegen zumeist an seinen südlichen Nebenflüssen, die nicht von Gletschern aufgerissen wurden; das Tal nämlich, das über Nacht durch einen verschwindenden See gebildet wurde, als der große Eisdamm schmolz, öffnet sich an seiner Mündung nicht zu einer weiten überfluteten Ebene, sondern verengt sich immer mehr, bis es für den Fluß, für eine alte Holzfällereisenbahn und für eine Autostraße nur einen einzigen Weg gibt, sich hineinzuzwängen: zwei von ihnen müssen sich ins Gebirge schlagen.

Hier ist das Leben für Forellen hart – der Fluß tost, und das Wasser ist zu schnell, als daß auf den

Felsen Algen als Nahrung wachsen könnten, und so sitzt kein Fett an den Fischen, die wohl fast alle Hochsprungrekorde für Forellen halten dürften.

Außerdem ist es der Fluß, den wir am besten kennen. Mein Bruder und ich hatten im Big Blackfoot schon nahezu seit dem Anfang des Jahrhunderts gefischt – mein Vater noch davor. Wir betrachteten ihn als einen Familienfluß, als einen Teil von uns, und ich überlasse ihn jetzt nur mit großem Widerwillen den Freizeit-Ranchern, den zusammengewürfelten Einwohnern von Great Falls und den barbarischen Invasoren aus Kalifornien.

Früh am nächsten Morgen holte Paul mich in Wolf Creek ab, und wir fuhren über den Rogers Pass, wo das Thermometer drei Zehntel Grad vor Siebzig unter Null stehengeblieben ist. Wie gewöhnlich und besonders, wenn es früh am Morgen war, saßen wir in ehrfürchtigem Schweigen da, bis wir die große Wasserscheide passiert hatten, fingen aber in dem Augenblick an zu reden, als wir meinten, in einen anderen Ozean zu fließen. Paul hatte fast immer eine Geschichte zu erzählen, in der er die Hauptfigur, aber nicht der Held war.

Er erzählte seine Wasserscheiden-Geschichten in einem heiter anmutenden, leicht poetischen Ton, wie ihn Reporter häufig beim Schreiben von Geschichten über das ›allgemein Menschliche‹ verwenden; nahm man aber diesen Ton weg, kam in den Geschichten etwas über ihn zum Vorschein, das nicht den Beifall seiner Familie finden, aber wahrscheinlich sowieso von mir noch rechtzeitig entdeckt werden würde. Er mußte sich wohl auch moralisch verpflichtet fühlen, mir zu erzählen, daß er andere Leben lebte, auch wenn er sie mir in der Form komischer Geschichten als Puzzles präsentierte. Oft wußte ich nicht, was mir über ihn erzählt worden war, wenn wir die Wasserscheide zwischen unseren beiden Welten überquerten.

»Weißt du«, fing er an, »es ist ein paar Wochen her, daß ich im Blackfoot gefischt habe.« Am Anfang hörten sich seine Geschichten wie Tatsachenberichte an. Er war alleine fischen gewesen, und das Fischen war nicht besonders gut gewesen, also mußte er bis zum Abend fischen, um sein Maß zu erreichen. Da er direkt nach Helena zurückkehrte, fuhr er den Nevada Creek entlang auf einer alten Schotterstraße, die reißbrettartig den amtlichen Parzellengrenzen folgte und an jeder Parzellenecke im rechten Winkel abbog. Der Mond schien, er war müde und spürte das Bedürfnis nach einem Freund, der ihn wachhalten würde, als plötzlich ein Eselhase auf die Straße sprang und im Scheinwerferlicht mitlief. »Ich habe ihn nicht zu sehr gescheucht«, sagte er, »denn ich wollte ja keinen Freund verlieren.« Er fuhr, sagte er, mit dem Kopf aus dem Fenster, damit er sich dem Hasen nahe fühlen konnte. Den Kopf im Mondschein: damit nahm sein Bericht eine poetische Note an. Die milchige Mondscheinwelt wurde von dem spitzen weißen Lichtkegel der Scheinwerfer zerrissen. In der Mitte des durchbohrenden gleichschenkligen Dreiecks befand sich der Eselhase, der, abgesehen von der Weite seiner Sprünge, zum Schneehasen geworden war. Der phosphoreszierende Hase tat sein Bestes, um sich in der Mitte des gleichschenkligen Dreiecks zu halten, fürchtete sich aber, an Boden zu verlieren, und wenn er sich prüfend umschaute, strahlte aus seinen Augen das Weiß und das Blau des Universums zurück. Mein Bruder sagte: »Ich weiß nicht, wie ich erklären soll, was dann passiert ist, aber da machte diese geometrisch verlaufende Straße eine rechtwinklige Kurve, der Hase hat sie gesehen und ich nicht.«

Später erwähnte er zufällig, daß ihn die Reparatur seines Wagens 175 Dollar gekostet habe, und 1937 hätte man für 175 Dollar einen Wagen fast von Grund auf umbauen lassen können. Selbstverständlich hat er nie erwähnt, daß er, der zwar beim Fischen nie trank, immer anfing zu trinken, wenn er aufhörte zu fischen.

Einen Teil des Weges zum Blackfoot überlegte ich, ob mir eine kleine ›allgemein menschliche‹ Geschichte erzählt worden war, in der sich Pech in Humor verwandelt hatte, oder ob mir erzählt worden war, daß er zuviel getrunken und das Vorderende seines Wagens zum Teufel gefahren hatte.

Da es weder so noch so etwas Besonderes war, beschloß ich die Geschichte zu vergessen, was ich, wie man sieht, nicht getan habe. Was ich jedoch tat, war eines: ich fing an, über den Canyon nachzudenken, wo wir fischen wollten.

Im Canyon oberhalb der alten Clearwater-Brücke tost der Blackfoot am lautesten. Das Rückgrat eines Berges ließ sich nicht brechen, und so verdichtet der Berg den schon mächtigen Fluß zu Gischt und Rauschen, ehe er ihn passieren läßt. Hier verläßt die Straße natürlich den Fluß; es war im Canyon kein Platz für einen Indianerpfad: sogar als Lewis sich 1806 von Clark trennte, um den Blackfoot hinaufzuziehen, machte er einen sicheren Bogen um den Canyon. Dies ist kein Ort für kleine Fische oder kleine Fischer. Sogar das Tosen macht die Fische noch mächtiger oder schüchtert doch zumindest den Fischer ein.

Wenn wir im Canyon fischten, fischten wir beide auf derselben Seite, aus dem simplen Grunde, weil es im Canyon keine Stelle zum Durchwaten gibt. Ich konnte hören, wie Paul an mir vorbeigehen wollte, um zu dem Kolk weiter oben zu gelangen, und als ich merkte, daß ich ihn nicht mehr hörte, wußte ich, daß er stehengeblieben war, um mich zu beobachten. Obwohl ich nie den großen Fischer gespielt habe, war es mir immer wichtig, Fischer zu sein und wie einer auszusehen, besonders dann, wenn ich mit meinem Bruder fischte. Das Schweigen selbst brauchte nicht anzudauern, ich wußte, daß ich nach überhaupt nichts aussah.

Obwohl ich herzliche persönliche Gefühle für den Canyon hege, ist er für mich kein idealer Ort zum Fischen. Er setzt einen Preis aus auf die Fähigkeit zum Weitwurf, und dabei sind fast immer Klippen oder Bäume direkt hinter dem Fischer, so daß er seine ganze Schnur vor sich haben muß. Es ist wie bei einem Baseball-Werfer, dem der Schwung zum Ausholen genommen ist, und er zwingt den Fischer zu einem ›Roll-Wurf‹, wie er genannt wird, ein schwieriger Wurf, den ich nie gemeistert habe. Der Fischer muß seinem Wurf genügend Schnur geben, um eine Weite zu erzielen, ohne die Schnur hinter sich zu werfen, und dann muß er aus einem knappen Bogen genügend Kraft ziehen, um die Schnur übers Wasser schießen zu lassen.

Er sammelt das Extrastück Schnur für den langen Wurf, indem er seinen letzten Wurf so langsam einholt, daß ein ungewöhnlich langes Stück Schnur im Wasser bleibt und das, was von ihr außerhalb ist, eine schlaffe Halbschleife bildet. Die Schleife wird vergrößert, indem man den Wurfarm gerade anhebt und das Handgelenk spannt, bis es auf ein Uhr dreißig zeigt. Damit hat dann der Fischer genügend Schnur vor sich, aber es braucht ungefähr alles, was er hat, um sie hoch in die Luft und weit übers Wasser zu kriegen, so daß Fliege und Vorfach vor der Leine landen – der Arm ist ein Kolben, das Handgelenk der Abzug eines Revolvers, den man entsichert, und selbst der Körper wirft sich in den Schwung. Wichtig ist auch, daß das Extrastück Schnur, das bis zum letzten Augenblick im Wasser bleibt, dem Wurf eine halbfeste Grundlage gibt. Es ist ein bißchen so, wie wenn eine Klapperschlange zuschlägt, die ja mit einem Gutteil ihres Schwanzes am Boden ist und somit etwas hat, von dem aus sie zuschlagen kann. Für eine Klapperschlange ist das alles leicht, für mich ist es immer schwer gewesen.

Paul wußte, was mir mein Fischen bedeutete, und er hütete sich, den Anschein von Überlegenheit zu erwecken, indem er mir etwa Ratschläge erteilte, aber er hatte so lange zugeschaut, daß er jetzt nicht gehen konnte, ohne etwas zu sagen. Schließlich sagte er: »Die Fische sind weiter draußen.« Wahrscheinlich aus Angst, die Familienbeziehungen belastet zu haben, fügte er rasch hinzu: »Nur ein bißchen weiter draußen.«

Ich holte langsam meine Schnur ein und schaute dabei nicht nach hinten, um ihn nicht zu sehen. Vielleicht tat es ihm leid, den Mund aufgemacht zu haben, aber nachdem er gesagt hatte, was er gesagt hatte, mußte er noch etwas sagen. »Anstatt die Leine in einer Geraden einzuholen, mußt du sie in einer Diagonalen von der Flußabwärtsseite einziehen. Die Diagonale gibt dir eine festere Grundlage für deine Schleife, so daß du mehr Kraft in deinen Wurf legen kannst und eine etwas größere Weite erzielst.«

Dann tat er so, als hätte er überhaupt nichts gesagt, und ich tat so, als hätte ich überhaupt nichts gehört, aber sobald er gegangen war, begann ich sofort, meine Leine auf der Diagonalen einzuholen, und das half. In dem Augenblick, als ich eine etwas größere Weite zu erzielen meinte, rannte ich zu einem neuen Kolk, um einen neuen Anfang im Leben zu machen.

Der neue Kolk war ein schönes Stück Wasser, sowohl für einen Fischer als auch für einen Photographen, auch wenn jeder von beiden seine Ausrüstung auf einen anderen Punkt ausgerichtet hätte. Es war ein kaum überschwemmter Wasserfall. Das Felsenriff lag etwa zwei Fuß unter dem Wasser, so daß der ganze Fluß sich in einer einzigen Welle hob, in Gischt zerstob, dann auf sich selbst zurückfiel und blau wurde. Nachdem er sich von der Erschütterung erholt hatte, kam er zurück, um zu sehen, wie er gefallen war.

Kein Fisch konnte da draußen leben, wo der Fluß in jene Farben und Formen zerbarst, die Photographen anziehen würden. Die Fische waren im langsamen Rückstauwasser, direkt in dem schmutzigen Schaum, wobei der Schmutz zu den Hauptanziehungspunkten gehörte. Die Flecken waren zum Teil Pollen von Nadelbäumen, aber der meiste Schmutz bestand aus freßbaren Insekten, die den Wasserfall nicht überlebt hatten.

Ich studierte die Lage. Obwohl ich gerade meinem ›Roll-Wurf‹ drei Fuß mehr Schnur gegeben hatte, mußte ich vor dem Auswerfen noch eine Menge bedenken, um einige meiner übrigen Unzulänglichkeiten wettzumachen. Aber ich hatte das Gefühl, schon den richtigen Anfang gemacht zu haben – ich hatte schon überlegt, wo die großen Fische sein würden und warum gerade dort.

Dann geschah etwas Seltsames. Ich sah ihn. Ein schwarzer Rücken stieg und sank im Schaum. Ich meinte in der Tat, die Stacheln seiner Rückenflosse zu sehen, bis ich mir sagte: »Gott, er kann doch nicht so groß sein, daß du seine Flossen erkennen kannst.« Ich fügte sogar noch hinzu: »Du hättest doch den Fisch in dem Schaum nicht einmal gesehen, wenn du nicht zuvor gedacht hättest, daß er dort wäre.« Aber ich konnte die Überzeugung nicht abschütteln, daß ich den schwarzen Rücken eines großen Fisches gesehen hatte, weil ich als jemand, der oft gezwungen ist zu denken, weiß, daß ich oft etwas nur dann sehe, wenn ich es mir zuvor in Gedanken vorgestellt habe.

Der Anblick des Fisches, den ich mir zuvor in Gedanken dort vorgestellt hatte, brachte mich auf die Frage, in welche Richtung des Flusses er sich wohl bewegen würde. »Vergiß nicht, wenn du das erstemal wirfst«, dachte ich, »daß du ihn in der Rückströmung gesehen hast, wo das Wasser sich flußaufwärts dreht, also wird er flußabwärts blikken, nicht flußaufwärts, wie er es tun würde, wenn er in der Hauptströmung wäre.«

Assoziationen führten mich zu der Frage, welche Fliege ich werfen sollte, und zu der Schlußfolgerung, daß es wohl am besten eine große sein mußte, eine Nummer Vier oder Sechs, wenn ich es auf den großen Buckel im Schaum abgesehen hatte.

Von der Fliege kam ich zum anderen Ende der Angel, und ich fragte mich, von wo zum Teufel ich werfen sollte. An diesem Wasserfall gab es nur riesige Felsen, also suchte ich mir einen der größten aus, sah zu, wie ich hinaufklettern konnte, und erkannte, daß mir die zusätzliche Höhe zusätzliche

Reichweite geben würde, doch dann mußte ich mich fragen: »Wie zum Teufel soll ich den Fisch, wenn ich ihn an den Haken kriege, da oben landen?« Also mußte ich mir einen kleineren Felsen aussuchen, der zwar meine Reichweite verkürzen, es mir aber ermöglichen würde, an ihm hinunterzurutschen, mit einer Rute in der Hand und einem großen Fisch am Haken.

Ich näherte mich allmählich der Frage, die sich alle Fischer stellen sollten, bevor sie zum erstenmal die Angel auswerfen: »Wenn ich einen großen Fisch am Haken habe, wo zum Teufel kann ich ihn landen?«

Es gehört zu den Großartigkeiten beim Fliegenfischen, daß nach einer Weile von der Welt nichts anderes mehr existiert als Gedanken übers Fliegenfischen. Es ist zudem interessant, daß die Gedanken übers Fischen oft die Gestalt von Dialogen annehmen, in denen Hoffnung und Angst – oder oftmals zwei Ängste – sich gegenseitig auszustechen suchen.

Die eine Angst schaute am Ufer entlang und sagte zu mir (dritte Person, keine der beiden Ängste): »Dreißig Yards nichts als Felsen, aber hab' keine Angst und versuch' ihn zu landen, bevor du ganz unten bei der ersten Sandbank bist.«

Die zweite Angst sagte: »Es sind vierzig, nicht dreißig Yards bis zur ersten Sandbank, und das Wet-

Lachsfeder

Entspricht der großen Brut des Jahres – Anfang Juni bis Anfang Juli. Eine spezifische Fliege wird verwendet, wenn die schwimmende Version zu nichts führt. Diese Fliege ist bei Unterwasserströmung zu verwenden.

ter war warm, und der Fisch wird ein schlaffes Maul haben, und er wird sich vom Haken befreien können, wenn du vierzig Yards flußabwärts mit ihm kämpfen willst. Es ist zwar nicht gut, aber es wird am besten sein, wenn du versuchst, ihn auf einen Felsen zu landen, der näher ist.«

Die erste Angst sagte: »Da ist ein großer Felsen im Fluß, an dem du ihn vorbeikriegen mußt, bevor du ihn landen kannst, aber wenn du ihn kurz genug an der Leine hältst, daß er auf dieser Seite des Felsens bleibt, wirst du ihn wahrscheinlich verlieren.«

Die zweite Angst sagte: »Aber wenn du ihn auf die andere Seite des Felsens entkommen läßt, wird sich die Leine darunter verfangen, und du wirst ihn mit Sicherheit verlieren.«

Daran erkennt man, daß man zuviel nachgedacht hat – wenn man zum Dialog wird zwischen *Du wirst ihn wahrscheinlich verlieren* und *Du wirst ihn mit Sicherheit verlieren.* Aber ich hörte nicht völlig auf zu denken, auch wenn ich das Thema wechselte. Es steht zwar nicht so geschrieben, aber es ist doch durchaus menschlich, vor dem Werfen einen Moment bei dem Versuch zu verweilen, sich vorzustellen, was der Fisch denkt, selbst wenn eins seiner Eier ebenso groß ist wie sein Gehirn, und sogar selbst dann, wenn man sich, schwimmt man unter Wasser, nur schwer vorstellen kann, daß ein Fisch überhaupt etwas zu bedenken hat. Trotzdem konnte ich mich nie zu dem Glauben überreden lassen, daß ein Fisch nur zwei Dinge fühlt: Hunger und Angst. Ich habe versucht, nichts anderes als Hunger und Angst zu fühlen, und es ist mir unbegreiflich, wie ein Fisch je auch nur sechs Zoll lang werden könnte, wenn das alles wäre, was er jemals fühlte. Tatsächlich gehe ich bisweilen so weit und stelle mir vor, daß ein Fisch hübsche Gedanken denkt. Bevor ich die Angel warf, stellte ich mir vor, wie der Fisch mit dem schwarzen Rücken kühl in dem sprudelnden Wasser voller Brausebläschen des Wasserfalls lag. Er blickte flußabwärts und beobachtete den mit Speisen gespickten Schaum, der flußaufwärts zurücktrieb wie ein gedeckter Tisch, der zu seinen Gästen geschwommen kommt. Und er stellte sich wahrscheinlich den gefleckten Schaum als Eierpunsch vor, mit Muskat bestreut, und wenn der Eischnee zerstob und er sah, was am Ufer war, sagte er sich wahrscheinlich: »Was hab' ich doch für ein Schwein, daß dieser Kerl da und nicht sein Bruder in diesem Kolk fischen will.«

Ich dachte alle diese Gedanken und außerdem andere, die sich als wertlos erwiesen, und dann warf ich, und ich fing ihn.

Ich blieb ganz ruhig, bis ich versuchte, ihm den Haken aus dem Maul zu nehmen. Er lag sandbedeckt auf der kleinen Barre, wo ich ihn gelandet hatte. Seine Kiemen öffneten sich mit seinen allerletzten Seufzern. Dann stellte er sich plötzlich im Sand auf den Kopf und schlug mich mit seinem Schwanz, und der Sand stob nur so. Langsam erst fingen meine Hände an zu zittern, und obwohl ich glaubte, daß sie einen elenden Anblick boten, konnte ich sie nicht beruhigen. Endlich gelang es mir, die große Klinge meines Messers zu zücken, die einige Male von seinem Schädel abglitt, bis sie durch sein Gehirn drang.

Noch als ich ihn zusammenbog, war er viel zu lang für meinen Korb, so daß sein Schwanz herausguckte.

Er hatte schwarze Flecken an sich, die nach Krebsen aussahen. Er schien ozeanisch, einschließlich der Entenmuscheln. Als ich am nächsten Kolk an meinem Bruder vorbeikam, sah ich ihn den Schwanz studieren und langsam den Hut ziehen – bestimmt nicht aus Respekt vor meiner Meisterschaft als Fischer.

Ich hatte einen Fisch, also setzte ich mich, um einem Fischer zuzuschauen.

Er nahm seine Zigaretten und Streichhölzer aus der Tasche seines Hemdes und legte sie in seinen Hut und zog diesen fest in die Stirn, so daß kein Leck entstehen konnte. Dann schnallte er seinen Fischkorb ab und hängte ihn sich knapp über die Schulter, wo er ihn schnell loswerden konnte, sollte das Wasser für ihn zu stark werden. Falls er die Lage studierte, nahm er sich dafür keine Extrazeit. Er sprang von einem Stein in den Wirbel und schwamm zu einem Felsbrocken, der in den Fluß gefallen war und ihn teilte. Er schwamm in seinen Kleidern und nur mit seinem linken Arm – mit seiner rechten Hand hielt er seine Rute hoch, und manchmal konnte ich nicht mehr sehen als den Korb und die Rute, und wenn sich der Korb mit Wasser füllte, konnte ich manchmal nicht mehr sehen als die Rute.

Die Strömung schleuderte ihn gegen den Felsbrocken, und das muß weh getan haben, aber er hatte noch genügend Kraft in den Fingern der linken Hand, um sich an einem Spalt festzuklammern, sonst wäre er in die blaue Tiefe gespült worden. Dann mußte er noch auf die Spitze des Felsens klettern, mit den Fingern seiner Linken und seinem rechten Ellenbogen, den er wie die Hacke eines Schürfers benutzte. Als er endlich auf dem Felsen stand, sahen seine Kleider hydraulisch getrieben aus, als würden sie von ihm ablaufen.

Und als er zu schlottern aufhörte, schüttelte er sich nach Art eines Jagdhundes, die Beine gespreizt, den Körper gesenkt, den Kopf schwenkend. Dann kam er zur Ruhe und begann zu werfen, und die ganze Welt wurde zu Wasser.

Unter ihm war der vielfältig belebte Fluß, und wo der Fels ihn geteilt hatte, stieg grobkörniger Dampf auf. Die Minimoleküle des Wassers, die in der Blasenspur seiner Schnur zurückblieben, bildeten flüchtige Gazeschleier, die so blitzschnell in dem aufsteigenden grobkörnigen Dunst verschwanden, daß man sie sich ins Gedächtnis schmieden mußte, um sie sich bildlich als Schleifen denken zu können. Die Gischt, die von ihm ausging, war sogar noch feinkörniger und umhüllte ihn mit einem von ihm selbst ausgehenden Strahlenkranz. Dieser, sein eigener Strahlenkranz, war immer vorhanden und verschwand fortwährend, als wäre er ein Kerzenlicht, das drei Zoll von ihm entfernt flackerte. Die Bilder von ihm und seiner Schnur verschwanden immer wieder in den steigenden Nebeln des Flusses, die unaufhörlich zu den Gipfeln der Felswände kreisten, wo sie, nachdem sie zu einem Ring im Wind geworden waren, zu Sonnenstrahlen wurden.

Oberhalb und unterhalb seines Felsens war der Fluß genau das Wasser für große Regenbogenforellen, und er warf kräftig und flach flußaufwärts, so daß seine Fliege über das Wasser fegte, ohne es aber je zu berühren. Dann drehte er sich um seine Achse, riß seine Schnur in einem großen Oval über seinem Kopf zurück und schleuderte sie niedrig und flach flußabwärts, wobei er seine Fliege wieder übers

Wasser fegen ließ. Er schloß diesen großen Kreis vier- oder fünfmal, schuf dabei eine unermeßliche Bewegung, die in nichts kulminierte, wenn man nicht wußte, selbst wenn man nicht sehen konnte, daß jetzt irgendwo da draußen eine kleine Fliege sich auf einer Welle wusch. Bestürzenderweise kehrte die Unermeßlichkeit zurück, während der Big Blackfoot und die Luft über ihm in den Regenbogenfarben der gewölbten Seiten einer großen Forelle schillerten.

Er nannte das ›Schattenwerfen‹, und, offen gesagt, ich weiß nicht, ob ich die Theorie, die dahintersteckt, glauben soll – daß die Fische von den Schatten der Fliegen, die bei den ersten Würfen übers Wasser huschen, munter gemacht werden und sich so in dem Augenblick auf die Fliege stürzen, da sie das Wasser berührt. Es ist mehr oder weniger die Theorie des ›Appetitmachens‹, fast zu ausgefuchst, um wahr zu sein, aber dann wiederum hat jeder fähige Fischer ein paar ausgefuchste Tricks, die nur bei ihm selbst und fast keinem anderen funktionieren. Schattenwerfen hat bei mir nie funktioniert, aber vielleicht hatte ich auch nie die Kraft im Arm und im Handgelenk, die Schnur so lange über dem Wasser kreisen zu lassen, bis die Fische glaubten, einen Schwarm frisch geschlüpfter Fliegen zu sehen.

Die nassen Kleider meines Bruders machten es leicht, seine Stärke zu sehen. Die meisten großen Werfer, die ich gekannt habe, waren große Männer über sechs Fuß zehn, und dieses Mehr an Körpergröße machte es ganz bestimmt leichter, mehr Schnur in einem größeren Bogen in die Luft zu kriegen. Mein Bruder war nur fünf Fuß zehn groß, aber er hatte so viele Jahre gefischt, daß seine Wurftechnik teilweise seinen Körper geformt hatte. Er war jetzt zweiunddreißig, auf der Höhe seiner Kraft, und er konnte sich mit Leib und Seele voll und ganz in die viereinhalb Unzen jenes magischen Totempfahls werfen. Vor langer Zeit schon war er weit über die Handgelenkwurftechnik meines Vaters hinausgewachsen, wenn auch sein rechtes Handgelenk ihm immer so wichtig gewesen war, daß es größer geworden war als sein linkes. Sein rechter Arm, den mein Vater an der Seite festgebunden hatte, um das Handgelenk zu trainieren, schoß aus dem Hemd hervor, als wäre er maschinell getrieben, und auch er war größer als sein linker Arm. Sein nasses Hemd beulte sich, daß die Knöpfe sich öffneten, während er Schultern und Hüften um die eigene Achse drehte. Es war außerdem nicht schwer zu sehen, wieso er sich gerne prügelte, vor allem, weil er darauf schwor, den ersten Schlag mit der rechten Hand auszuteilen.

Der Rhythmus war ebenso wichtig wie die Farbe und ebenso vielschichtig. Es war ein Rhythmus, der einen anderen überlagerte, wobei der Viertakt-Rhythmus unseres Vaters von Schnur und Handgelenk der Grundrhythmus war. Aber diesen überlagerten der Zweitaktkolbenrhythmus seines Arms und der lange überwältigende Vierer der vollendeten Achterfigur seiner zurückgerissenen Schleife.

Der Canyon wurde durch Rhythmen und Farben verherrlicht.

Ich hörte Stimmen hinter mir, und ein Mann kam mit seiner Frau den Pfad herunter, beide mit einer Angel in der Hand, aber wahrscheinlich wollten sie nicht groß angeln. Wahrscheinlich hatten sie nichts weiter vor, als sich zu freuen, daß sie zusammen im Freien waren, und nebenbei noch genügend Heidelbeeren für einen Kuchen zu pflücken. Damals gab es wenig an robuster Sportbekleidung für Frauen, und sie war eine kräftige, robuste Frau, trug eine normale Männerlatzhose und ihre mütterlichen Brüste platzten praktisch aus dem Latz. Sie sah meinen Bruder zuerst, wie er sich auf der Spitze seines Felsbrockens drehte. Für sie muß er ausgesehen haben wie ein Lassokünstler beim Rodeo, der alles mögliche macht, außer durch seine Schleifen zu springen.

Sie schaute ihm weiterhin zu, während sie hinter

sich die Tannennadeln glattstrich, um sich zu setzen. »Du meine Güte«, sagte sie.

Ihr Mann blieb stehen und sagte: »Himmelherrgott.« Hin und wieder sagte er: »Himmelherrgott.« Seine Frau nickte jedesmal. Sie war eine der amerikanischen Mütter, die nicht im Traum daran denken, selbst einmal zu fluchen, es aber genießen, wenn ihre Männer es tun, und das Fluchen dann genauso brauchen wie den Zigarrenrauch.

Ich machte mich auf den Weg zum nächsten Kolk. »O nein«, sagte sie, »Sie werden doch wohl warten, bis er ans Ufer kommt, so daß Sie seinen großen Fisch sehen können, oder?«

»Nein«, antwortete ich, »ich möchte mich lieber an die Moleküle erinnern.«

Sie hielt mich offensichtlich für verrückt, also fügte ich hinzu: »Ich werde seinen Fisch später sehen.« Und um mich ihr überhaupt verständlich zu machen, mußte ich hinzufügen: »Er ist mein Bruder.«

Während ich weiterging, sagte mir die Mitte meines Rückens, daß ich von hinten betrachtet wurde, und zwar sowohl als ein ziemlicher Kerl, weil ich sein Bruder war, wie auch als ein bißchen irre, weil ich Moleküle sah.

Unsere Fische waren groß genug, daß sie hinterher ein paar Drinks und noch mehr Worte verdienten, und so wurde es spät mit unserer Rückfahrt nach Helena. Unterwegs fragte Paul: »Warum bleibst du nicht über Nacht und fährst morgen früh mit mir runter nach Wolf Creek?« Er fügte hinzu, daß er »am Abend raus müsse«, aber er würde bald nach Mitternacht wieder zurück sein. Ich merkte dann später, daß es etwa zwei Uhr morgens sein mußte, als ich das Ding hörte, das klingelte, und ich stieg auf durch Flußnebel und Moleküle, bis ich erwachte und mir das Telephon schnappte. Im Telephon steckte eine Stimme, die fragte: »Sind Sie Pauls Bruder?« Ich antwortete: »Was ist passiert?« Die Stimme sagte: »Ich möchte, daß Sie zu ihm kommen.« In der Annahme, wir hätten eine schlechte Verbindung, schlug ich auf den Apparat. »Wer sind Sie?« fragte ich. Er sagte: »Ich bin der diensttuende Polizeibeamte und möchte, daß Sie zu Ihrem Bruder kommen.«

Ich hatte das Scheckbuch noch in der Hand, als ich im Gefängnis ankam. Der Polizeibeamte runzelte die Stirn und sagte: »Nein, Sie brauchen keine Kaution für ihn zu stellen. Er berichtet über die Polizeiarbeit und hat hier Freunde. Sie brauchen sich ihn nur anzusehen und nach Hause zu bringen.«

Dann fügte er hinzu: »Aber er muß zurückkommen. Ein Kerl wird ihn verklagen. Vielleicht werden es auch zwei Kerle sein.«

Da ich Paul nicht sehen wollte, ohne eine Ahnung zu haben, was ich womöglich sehen würde, wiederholte ich immer wieder: »Was ist passiert?« Als der Polizeibeamte die Zeit für gekommen hielt, sagte er mir: »Er hat einen Kerl verprügelt, und der Kerl ist übel zugerichtet und ihm fehlen ein paar Zähne.« Ich fragte: »Weswegen will ihn der zweite Kerl verklagen?« »Weil er Geschirr zerschlagen hat. Und einen Tisch«, sagte der Polizist. »Der zweite Kerl ist Besitzer des Restaurants. Der Kerl, der verprügelt wurde, ist auf dem Tisch gelandet.«

Jetzt war ich bereit, meinen Bruder zu sehen, aber mir wurde klar, daß der Polizist mich herbestellt hatte, um etwas loszuwerden. Er sagte: »In letzter Zeit müssen wir ihn zu oft mitnehmen. Er trinkt zuviel.« Ich hatte schon mehr gehört, als ich wollte. Vielleicht war eines unserer Kernprobleme, daß ich nie zuviel über meinen Bruder hören wollte.

Der Polizist beendete, was er zu sagen hatte, indem er mir schließlich verriet, was er mir wirklich sagen wollte: »Er ist außerdem in dem großen Studpoker-Spiel in Hot Springs im Rückstand. Es ist nicht gesund, in dem großen Spiel in Hot Springs im Rückstand zu sein.

Sie und Ihr Bruder halten sich für harte Jungs, weil Sie sich gerne prügeln. In Hot Springs gibt man nichts auf solche Kinderspiele mit Fäusten. In Hot

Springs läuft das große Studpoker-Spiel mit allem, was dazu gehört.«

Ich war durcheinander, weil ich versucht hatte, mich plötzlich aus den Molekülen des Schlafs zu erheben und zu einem Verständnis dessen zu gelangen, was ich gar nicht verstehen wollte. Ich sagte: »Fangen wir noch einmal von vorne an. Warum ist er hier, und ist er verletzt?«

Der Polizist sagte: »Er ist nicht verletzt, ihm ist bloß übel. Er trinkt zuviel. In Hot Springs trinkt man nicht zuviel.« Ich sagte dem Polizisten: »Machen wir weiter. Warum ist er hier?«

Dem Bericht zufolge, den mir der Polizist gab, war Paul mit seinem Mädchen auf einen Mitternachtsimbiß ins Restaurant Weiss gegangen – um Mitternacht ein beliebter Ort, da es dort im hinteren Raum Nischen gab, wo man mit seinem Mädchen sitzen und den Vorhang zuziehen konnte. »Das Mädchen«, sagte der Polizist, »war diese Halbblutindianerin, mit der er geht. Die kennen Sie doch«, fügte er hinzu, als ob er mich mit ihr in Verbindung bringen wollte.

Paul hatte offenbar mit seinem Mädchen eine leere Nische gesucht, als ein Kerl in einer Nische, an der sie vorbeigekommen waren, den Kopf durch den Vorhang steckte und »Feurio« brüllte. Paul schlug ihm auf den Kopf, entfernte dem Kopf zwei

Zähne und schickte den Körper mit einem Hieb zurück auf den Tisch, der zusammenklappte, so daß der Kerl und sein Mädchen von zerschlagenem Geschirr verletzt wurden. Der Polizist berichtete: »Der Kerl sagte zu mir: ›Himmelherrgott, ich wollte damit doch nur sagen, daß es komisch ist, mit einer Indianerin auszugehen. Das war nur ein Scherz.‹«

Ich sagte zu dem Polizisten: »Nicht sehr komisch«, und der Polizist sagte: »Nein, nicht sehr komisch, aber es wird Ihren Bruder eine Stange Geld und eine Menge Zeit kosten, um da wieder rauszukommen. Aber eins ist nun wirklich nicht komisch, daß er nämlich in dem Spiel in Hot Springs im Rückstand ist. Können Sie ihm da auf die Sprünge helfen?«

»Ich weiß nicht, was ich tun soll«, gestand ich dem Polizisten.

»Ich weiß, was Sie meinen«, gestand mir der Polizist. Damals waren die diensttuenden Polizeibeamten noch Iren. »Ich habe einen jüngeren Bruder«, sagte er, »der ein prima Kerl ist, aber er steckt immer in Schwierigkeiten. Er ist ein, wie wir sagen, ›Schwarzer Ire‹.«

»Was tun Sie, um ihm zu helfen?« fragte ich. Nach einer langen Pause sagte er: »Ich gehe mit ihm fischen.«

»Und wenn das nichts nützt?« fragte ich.

»Gehen Sie lieber nach Ihrem eigenen Bruder sehen«, antwortete er.

Da ich ihn unverzerrt sehen wollte, wenn ich ihn sah, stand ich still, bis ich wieder die Frau in der Latzhose sah, wie sie sein Schattenwerfen bewunderte. Dann öffnete ich die Tür zu dem Raum, in den die Betrunkenen geworfen wurden, bis sie auf der Ritze im Fußboden gehen können. »Sein Mädchen ist bei ihm«, sagte der Beamte.

Er stand an einem Fenster, aber er konnte nicht hinausgeschaut haben, denn zwischen der Scheibe und den Eisenstäben war eine dichte Verkleidung, und mich konnte er nicht gesehen haben, denn er hatte seine vergrößerte Wurfhand vor dem Gesicht. Wäre da nicht das dauernde Mitgefühl gewesen, das ich für seine Hand empfand, hätte ich hinterher womöglich bezweifelt, ihn dort überhaupt gesehen zu haben.

Sein Mädchen saß ihm zu Füßen am Boden. Wenn ihr Haar glänzte, war sie eine meiner Lieblingsfrauen. Ihre Mutter war eine Nord-Cheyenne, und so war sie, wenn ihr Haar glänzte, ansehnlich, im Profil mehr Algonkin und römisch als mongolisch, und sehr kriegerisch, besonders wenn sie ein paar getrunken hatte. Wenigstens eine ihrer Großmütter war bei den Nord-Cheyenne gewesen, als diese und die Sioux General Custer und die Siebte Kavallerie vernichteten, und, da es die Cheyenne waren, die am Little Bighorn ihr Lager aufgeschlagen hatten, direkt gegenüber dem Hügel, den sie unsterblich machen sollten, waren die Squaws der Cheyenne unter den ersten, die das Feld nach der Schlacht abgrasten. Wenigstens eine ihrer weiblichen Vorfahren hatte also einen glücklichen Spätnachmittag damit verbracht, der Siebten Kavallerie die Genitalien abzuschneiden, wobei das Abschneiden oft vor dem Tode geschah.

Dieses Bleichgesicht, das bei Weiss den Kopf aus der Nische gesteckt und »Feurio« geschrien hatte, konnte von Glück sagen, daß ihm nur zwei Zähne fehlten.

Nicht einmal ich konnte neben ihr die Straße entlanggehen, ohne daß sie mich in Schwierigkeiten brachte. Sie hatte es gern, Paul im einen Arm und mich im andern zu halten und am Samstagabend mit uns über die *Last-Chance-Gulch* zu spazieren, die Leute, die an uns vorbei wollten, in den Rinnstein zu drängen, und wenn die nicht vom Gehsteig weichen wollten, schubste sie Paul oder mich in diese Leute hinein. Man brauchte an einem Samstagabend nicht sehr lange über die *Last-Chance-Gulch* zu spazieren und Leute in den Rinnstein zu schubsen, bevor man in eine teuflisch große Schlägerei verwickelt war, aber sie hatte immer das Gefühl, einen enttäuschenden Abend verlebt zu haben und nicht richtig gewürdigt worden zu sein, wenn der Bursche, der sie ausgeführt hatte, ihretwegen nicht in eine große Schlägerei verwickelt worden war.

Wenn ihr Haar glänzte, war sie es jedoch wert. Sie war eine der schönsten Tänzerinnen, die ich je gesehen habe. Sie gab ihrem Partner das Gefühl, jeden Augenblick auf der Erde zurückgelassen zu werden oder es gar schon zu sein.

Es ist ein seltsames, wundervolles und etwas peinliches Gefühl, eine Frau in den Armen zu halten, die versucht, einen von der Erde zu lösen, und man ist nicht gut genug, ihr zu folgen.

Ich nannte sie Mo-nah-se-tah, das ist der Name der schönen Tochter des Cheyenne-Häuptlings Little Rock. Zuerst hatte sie nicht besonders viel übrig für den Namen, der »Junges Gras, das im Frühling sprießt« bedeutet, aber nachdem ich ihr erklärt hatte, daß Mo-nah-se-tah einen unehelichen Sohn von General George Armstrong Custer gehabt haben soll, genoß sie den Namen wie die Ente das Wasser.

Jetzt, da ich auf sie hinabsah, konnte ich nur sehen, wie ihr das Haar über die Schultern fiel und ihre Beine sich auf dem Boden spreizten. Ihr Haar glänzte nicht, und ich hatte ihre Beine noch nie als

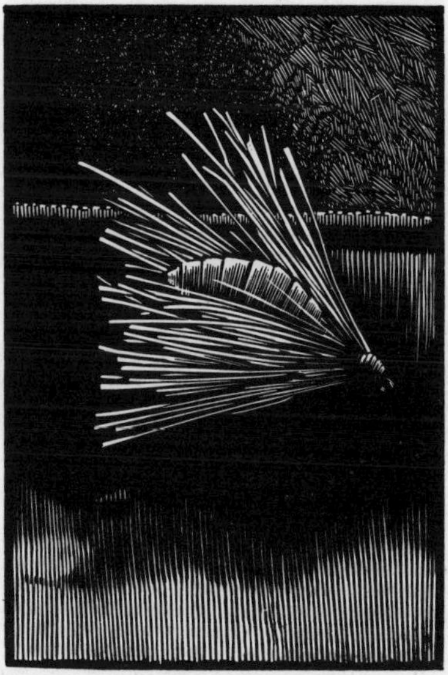

Gelb-grüne Feder

Man verwende die kleine Version
als Maifliege Nr. 8–10.

ein bloß am Boden liegendes Etwas gesehen. Da sie wußte, daß ich auf sie hinabsah, strampelte sie sich ab, auf die Füße zu kommen, aber ihre langen Beine knickten ein, die Strümpfe rutschten ihr an den Beinen runter und sie lag wieder mit gespreizten Beinen auf dem Boden, so daß die oberen Ränder ihrer Strümpfe und ihre Strumpfbänder zu sehen waren.

Die beiden rochen schlimmer als das Gefängnis. Sie rochen genauso wie das, was sie waren – zwei Säufer, denen in den Magen schießt, was der Körper eben produziert, wenn er friert und voll Schnaps ist und weiß, daß etwas Schlimmes passiert ist, und nicht will, daß der morgige Tag kommt.

Keiner von beiden sah mich an, und er sprach kein Wort. Sie sagte: »Bring mich nach Hause.« Ich sagte: »Deswegen bin ich hier.« Sie sagte: »Nimm ihn auch mit.«

Sie war als Tänzerin ebenso schön wie er als Fliegenfischer. Ich trug sie, und ihre Zehen schleiften hinterher. Paul drehte sich um und folgte, ohne hinzusehen oder zu reden. Sein überentwickeltes rechtes Handgelenk hielt seine rechte Hand vor die Augen, so daß er auf irgendeine betrunkene Weise dachte, ich könnte ihn nicht sehen, und er mag auch gedacht haben, daß er sich selbst nicht sehen konnte.

Als wir am Amtstisch vorbeikamen, sagte der Beamte: »Warum geht ihr nicht alle fischen?«

Ich brachte Pauls Mädchen nicht nach Hause. Damals mußten Indianer, die nicht im Reservat lebten, draußen an der Stadtgrenze hausen, und gewöhnlich schlugen sie ihr Lager in der Nähe des Schlachthofs oder der städtischen Müllkippe auf. Ich brachte beide in Pauls Wohnung. Ich legte ihn in sein Bett, und sie legte ich in das Bett, in dem ich geschlafen hatte, aber erst nachdem ich es neu bezogen hatte, damit die frische Bettwäsche sich an ihren Beinen weich anfühlte.

Als ich sie zudeckte, sagte sie: »Er hätte den Bastard umbringen sollen.«

Ich sagte: »Hat er womöglich auch getan«, woraufhin sie sich umdrehte und einschlief, denn sie glaubte, wie immer, alles, was ich ihr sagte, besonders wenn es dabei um schwere Verletzungen ging.

Inzwischen kam die Morgenröte aus einem Berg jenseits des Missouri hoch, also fuhr ich nach Wolf Creek.

Damals brauchte man ungefähr eine Stunde mit dem Auto für die vierzig Meilen unwegsamer Straße von Helena nach Wolf Creek. Während die Sonne aus den Big Belt Mountains und dem Missouri stieg und sie im Licht zurückließ, versuchte ich etwas zu finden, was ich vom Leben schon wußte und das mir helfen könnte, die Hand auszustrecken und meinen Bruder zu berühren, um ihn dazu zu bringen, mich und sich selbst anzuschauen. Eine Weile meinte ich sogar, daß das, was mir der Beamte zuerst gesagt hatte, nützlich sei. Als diensttuender Polizist mußte er eine Menge über das Leben wissen, und er hatte mir gesagt, Paul sei das schottische Äquivalent der ›Schwarzen Iren‹. Zweifellos gab es in der Familie meines Vaters ›Schwarze Schotten‹, die auf allen möglichen Vorposten hockten, von der ursprünglichen Heimat der Familie auf der Isle of Mull in den Südlichen Hebriden bis hin nach Fairbanks, Alaska, 110 oder 115 Meilen südlich des Polarkreises, was etwa die Entfernung war, die ein Schotte damals zurücklegen konnte, um dem Zugriff von Sheriffs mit Haftbefehlen und von Ehemännern mit Gewehren zu entkommen. Ich hatte über sie von meinen Tanten gehört, nicht von meinen Onkeln, die alle Freimaurer waren und auf Geheimgesellschaften für Männer schworen. Meine Tanten jedoch redeten fröhlich über sie und erzählten mir, es seien alles große Männer mit Humor, die wunderbar zu ihnen gewesen seien, als sie noch kleine Mädchen waren. Aus den Briefen meiner Onkel ging klar hervor, daß sie meine Tanten immer noch für kleine Mädchen hielten. Jedes Jahr zu Weihnachten, bis sie in fernen Ländern starben, schickten diese hastig abgereisten Männer ihren einst kleinen Schwestern liebevolle Weihnachtskarten, die bekritzelt waren mit Versicherungen, sie würden bald ›in die Staaten zurückkehren und ihnen dabei helfen, am Heiligen Abend die Strümpfe aufzuhängen‹.

Als ich merkte, daß ich auf Frauen hörte, um mir von ihnen erklären zu lassen, was ich an Männern nicht verstand, mußte ich an einige Mädchen denken, mit denen ich früher gegangen war und die Onkel hatten, die meinem Bruder etwas ähnelten. Diese Onkel waren ziemlich erfahren in einer Kunst, die eigentlich ein Hobby war – der eine Onkel war Aquarellist und der andere der Clubchampion im Golf –, und jeder hatte sich einen Beruf ausgesucht, der es ihm erlaubte, die meiste Zeit seinem Hobby zu frönen. Beide waren reizend, aber man wußte nichts Genaues, wenn man überhaupt etwas wußte, nachdem man sich mit ihnen unterhalten hatte. Da sie beruflich nicht genügend Geld verdienten, um das Leben zum Hobby zu machen, mußten ihre Familien sich von Zeit zu Zeit mit dem Bezirksstaatsanwalt zusammensetzen, um für das nötige Stillschweigen zu sorgen.

Der Sonnenaufgang ist die Zeit, wenn man fühlt, daß man imstande sein wird, herauszufinden, wie man einem Menschen helfen kann, der einem nahesteht und von dem man meint, daß er Hilfe braucht, selbst wenn er selbst es nicht meint. Beim Sonnenaufgang ist alles leuchtend, ja einleuchtend, aber nicht klar.

Ungefähr zwölf Meilen vor Wolf Creek führt die Straße dann hinab in den Little Prickly Pear Canyon, wo es lange dauert, bis die Morgenröte kommt. In dem plötzlich wieder einbrechenden Halbdunkel achtete ich sorgfältig auf die Straße, während ich mir sagte, zum Teufel, mein Bruder ist nicht wie irgend jemand sonst. Er ist weder der Onkel meiner Freundin, noch ein Bruder meiner Tanten. Er ist mein Bruder, und er ist ein Künstler, und wenn er eine Rute von viereinhalb Unzen in der Hand hat, ist er ein großer Künstler. Er fummelt nicht mit einem Pinsel rum und nimmt auch keine Stunden, um seine mittellangen Schläge zu verbessern, und er nimmt nicht einmal dann Geld, wenn er es wirklich braucht, und er läuft vor keinem davon, am allerwenigsten zum Polarkreis. Es ist eine Schande, daß ich ihn nicht verstehe.

Doch selbst in der Einsamkeit des Canyons wußte ich, es gab andere wie mich, die Brüder hatten, die sie nicht verstanden, denen sie aber helfen wollten. Wir sind wahrscheinlich jene, die bezeichnet werden als ›unserer Brüder Hüter‹, beherrscht von einem der ältesten, möglicherweise sinnlosesten und gewiß einem der hartnäckigsten Instinkte. Er will uns nicht loslassen.

Als ich aus dem Canyon hinausfuhr, herrschte gewöhnliches Tageslicht. Ich ging ins Bett und hatte keine Schwierigkeiten, nicht einzuschlafen, bis meine Frau mich rief. »Vergiß nicht«, sagte Jessie, »du gehst mit Florence und mir zum Bahnhof, um Neal abzuholen.« In Wahrheit hatte ich es vergessen, aber als ich an ihn dachte, fühlte ich mich erleichtert. Es war tröstlich, sich daran zu erinnern, daß da jemand in der Familie meiner Frau war, um den sie sich Sorgen machten, und es war sogar noch besser, sich daran zu erinnern, daß er mir ein bißchen komisch vorkam. Ich hatte Trost dringend nötig, und Trost durch Komik schien mir ebensogut wie jeder andere.

Meine Frau blieb an der Tür stehen und wartete darauf, daß ich mich umdrehte und wieder einzuschlafen versuchte. Zu ihrer Überraschung sprang ich aus dem Bett und zog mich an. »Es wird mir ein Vergnügen sein«, gab ich ihr zu Antwort. Jessie entgegnete mir: »Du bist komisch«, und ich fragte: »Was ist denn komisch an mir?« Und Jessie antwortete: »Ich weiß, du kannst ihn nich leiden.« Ich sagte: »Ich kann ihn nicht leiden«, wobei ich das ›t‹ von ›nicht‹ besonders betonte, für den Fall, daß meine Stimme kurz nach dem Aufwachen noch undeutlich war. Jessie wiederholte: »Du bist komisch«, und schloß die Tür, öffnete sie dann einen Spalt und sagte: »Du bist nicht komisch«, und das ›nicht‹ meiner Frau war auch besonders betont.

Er kam als letzter aus dem Zug, und beim Gang den Bahnsteig entlang wollte er sich wohl daran erinnern, wie seiner Meinung nach ein Tennisspieler internationaler Meisterschaften aussah. Er war zweifellos der erste und letzte Passagier, der je in weißem Flanell und zwei Pullovern in Wolf Creek, Montana, aus einem Wagen der Great-Northern-Eisenbahn gestiegen ist. All dies war in den Tagen, als die schicken Stutzer rotweiß-blaue Tennispullover trugen, und er trug einen rot-weißblauen Pullover mit V-Kragen über einem rot-weiß-blauen Rollkragenpullover. Als er uns als Verwandte erkannte und ihm dämmerte, daß er weder Bill Tilden noch F. Scott Fitzgerald sein konnte, setzte er seinen Koffer ab und sagte: »Ach«; nur als er mich sah, sagte er nichts. Dann zeigte er sein Gesicht im Profil und wartete darauf, geküßt zu werden. Während die Frauen das der Reihe nach taten, sah ich mir seinen Koffer genauer an. Der stand neben seinen eleganten schwarz-weißen Schuhen, das Strohgeflecht an den Seiten war aufgeplatzt und eines seiner Schlösser schloß nicht. Zwischen den Griffen stand das Monogramm F. M., das Monogramm seiner Mutter, bevor sie geheiratet hatte. Als seine Mutter den Koffer sah, weinte sie.

So kehrte er heim mit etwa dem, was er hatte, als er Montana verließ, denn er hatte immer noch den Koffer seiner Mutter und die Vorstellung von sich als Davis-Cup-Spieler, die zuerst in Wolf Creek zum Vorschein gekommen war, wo man nicht über ein Netz springen konnte, ohne in Kakteen zu landen.

Es dauerte bis halb neun oder neun an jenem Abend, bis er sich etwas kleiner zu machen versuchte, damit er unbemerkt aus der Tür schleichen konnte, aber Florence und Jessie warteten auf ihn. Meine Frau hatte keinerlei Sinn für Doppeldeutigkeiten, und um mir ihren ausdrücklichen Befehl zu ersparen, stand ich also auf und begleitete ihn in Black Jack's Bar, die bisweilen, wenn auch selten, ein Gasthaus genannt wurde.

Black Jack's war ein Güterwaggon, den man von den Rädern gehoben und am anderen Ende der über den Little Prickly Pear führenden Brücke aufs Geröllfeld gestellt hatte. An der Wand des Wagens war das Zeichen der Great Northern Railroad, ein Schneeziegenbock, der durch einen weißen Bart auf eine rot gestrichene Welt blickte. Dies ist der einzige Ziegenbock, der je im Leben den Hintergrund seiner Welt besetzt sah von einer Flasche Whiskey der

Marke ›3-7-77‹, jener Zahl, die früher die ›Vigilanten‹, die selbsternannten Gesetzeshüter, den Straßenräubern, die sie hängten, ansteckten – wahrscheinlich, um die Größe eines Grabes anzugeben. (Die Ziffern werden allgemein so gedeutet: drei Fuß breit, sieben Fuß lang und siebenundsiebzig Zoll tief.) Der Tresen bestand aus einem Baumstamm, den jemand gespalten hatte, der nicht sehr gut mit der Axt umgehen konnte, vielleicht Black Jack persönlich, aber die Gäste hatten dafür bessere Arbeit geleistet und ihn mit den Ellenbogen blank gewetzt. Black Jack war klein, zitterte und entfernte sich nie weit von einem Revolver und einem Blackjack genannten Totschläger, die hinter dem blank gewetzten Baumstamm lagen. Er hatte schlechte Zähne, wahrscheinlich, weil er seinen eigenen Whiskey trank, der irgendwo oben bei Sheep Gulch gebrannt wurde.

Die Barhocker waren zurechtgezimmerte Lebensmittelkisten. Als Neal und ich die Bar betraten, waren zwei dieser Kisten besetzt, beide von Gestalten, die dem Great-Northern-Ziegenbock schon lange vertraut waren. Auf der ersten hockte ein Kneipengänger, der Long Bow genannt wurde, weil in diesem einstigen Indianerland jeder, der aus dem Erzählen großer Lügengeschichten über sein Jagen und Schießen eine Kunst machte, mit dem Ausdruck bedacht wurde: »Er schießt mit dem Langbogen.«

Da ich ihn einmal schießen gesehen hatte, ließ ich mich jedoch nicht von der Annahme leiten, daß er über seine Geschicklichkeit mit Schußwaffen Lügengeschichten verbreitete. Ich hatte gesehen, wie ein Freund von ihm fünf Aspirin-Tabletten in die Luft warf, die zu fünf kleinen weißen Blumen erblühten, unmittelbar nach fünf Schüssen, die wie ein einziger klangen.

Ich war mir genauso sicher, daß er den Meisterschafhirten der Sieben-Ranch auf dessen Felde herausfordern konnte. Die Sieben-Ranch ist eine der herrlichsten im Westen von Montana, und sie erstreckt sich vom Helena-Tal bis Lincoln und noch weiter. Ihre Besitzer, Jean und John Baucus, erzählen von einem Schafhirten, den sie einmal ins Krankenhaus bringen mußten, wo sich sein Zustand rapide verschlechterte. Sie konnten ihm die Unterwäsche nicht ausziehen – er hatte sie schon so lange auf der Haut gehabt, daß sein Haar hindurchgewachsen war. Schließlich mußten sie ihn wie ein Huhn rupfen, und als sich die Unterwäsche schließlich abziehen ließ, lösten sich dabei Hautfetzen. In der Öffnung von Long Bows Hemd, das aufgeknöpft war, konnte man Haare aus seiner Unterwäsche sprießen sehen.

Auf der Kiste am anderen Ende des Tresens saß eine weibliche Person, die den Böcken die Great-Northern-Strecke rauf und runter als Old Rawhide bekannt war. Vor ungefähr zehn Jahren war sie bei einer Feier zum Vierten Juli zur Schönheitskönigin von Wolf Creek gewählt worden. Sie war auf einem nackten Pferderücken stehend an den hundertelf überwiegend männlichen Einwohnern vorbeigeritten, die die beiden Straßen von Wolf Creek gesäumt hatten. Ihre Röcke flogen hoch, und sie gewann den Wettbewerb. Aber da sie nicht ganz das hatte, was es braucht, um Berufsreiterin zu werden, tat sie das Nächstbeste. Sie trug jedoch weiterhin die geteilten Röcke, wie sie Frauen zu Pferde im damaligen Westen anhatten, obwohl diese ein Handicap in ihrem neuen Beruf gewesen sein müssen.

Für einen kleinen Ort warf Wolf Creek auf der Landkarte einen großen Schatten. Es hatte zwei fast landesweit bekannte Berühmtheiten, der eine war Ochsen-Ringer, der andere Lassowerfer. Diese beiden örtlichen Künstler verbrachten den Sommer immer auf den Rummelplätzen der Landwirtschaftsausstellungen der Bezirke, und sie waren so gut, daß sie jede Saison mit fünf- oder sechshundert Dollar in der Tasche abschlossen, abzüglich natürlich der Krankenhauskosten. Old Rawhide hatte nicht die Absicht, den Rest ihres Lebens als enttäuschte Sportlerin zu verbringen, also zog sie den einen Winter mit dem Lassowerfer und den nächsten Winter mit dem Ochsen-Ringer zusammen. Gelegentlich, wenn es nach einem besonders harten Winter aussah, heiratete sie einen von beiden, aber die Ehe war nicht Old Rawhides natürlicher Glückszustand, und noch ehe es Frühling wurde, war sie schon mit dem anderen zusammengezogen. Das Zusammenziehen brachte die tragenden und beständigen Eigenschaften Old Rawhides an den Tag, und im Gegensatz zur Ehe konnte damit gerechnet werden, daß es den ganzen Winter hielt.

Im Sommer, während ihre Künstler auf den Rummelplätzen von heißen Würstchen lebten und sich die Eingeweide zerrissen, wenn sie den Ochsen die Hälse umdrehten, bewohnte Old Rawhide Black Jack's Bar, dazu degradiert, verirrte Angler, die meisten Köderfischer, und Kneipenfischer aus Great Falls abzuschleppen, also hatte das Leben für sie, wie für den Rest der Welt, seine Höhen und Tiefen. Wie sehr die Schwerkraft des Lebens an ihr gezerrt hatte, war ihr jedoch kaum anzusehen. Ähnlich vielen Reitkünstlerinnen war sie ziemlich klein und sehr zäh und sehr stark, besonders in den Beinen. Sie hatte genug mitgemacht, um ihren Namen zu verdienen, aber sie sah nicht viel älter aus als ihre dreißig Jahre, die sie zumeist mit Pferden und Männern zu Pferde und den Sportsfreunden aus Great Falls zugebracht hatte.

Auch wenn sie und Long Bow am Tresen waren, saßen sie an gegenüberliegenden Enden, so daß die wandernden Angler sich zwischen sie setzen und die Drinks bezahlen mußten.

Da setzten auch Neal und ich uns hin, als wir ins Lokal kamen.

»Hi, Long Bow«, sagte Neal und schüttelte ihm übertrieben die Hand. Long Bow hatte es nicht gerne, wenn man ihn Long Bow nannte, obwohl er wußte, daß man ihn hinter seinem Rücken Long Bow nannte, aber für Neal war er einfach bloß der alte Long Bow, und nach ein paar Gläsern 3-7-77 übertrumpfte Neal den Regierungstrapper im Schießen, Jagen und Fallenstellen.

Tief in Neal steckte etwas, das ihn dazu zwang, Fachleute anzulügen, obwohl sie doch am besten wußten, daß er log. Er war eben einer, der beim Lügen auf frischer Tat ertappt werden mußte.

Was Old Rawhide anging, so hatte Neal sie bis jetzt noch nicht angesehen. Ich wußte längst, daß Neals Eröffnungstrick bei Frauen darin bestand, sie zu ignorieren, und jetzt erkannte ich allmählich, was für eine gute Eröffnung das ist.

Der Spiegel hinter dem Tresen sah aus wie ein polierter präkambrischer Lehmstein, der leicht geriffelt war. Neal behielt ihn ständig im Blick, offensichtlich fasziniert von dem dunklen, verzerrten Bild von sich, in dem er automatisch lebte – alle Getränke zahlte, alle Gespräche führte und niemals zuhörte. Ich versuchte, das Monopol zu brechen, und sprach Old Rawhide an, die neben mir saß, aber sie spürte nur, daß man sie ignorierte, also ignorierte sie mich.

Schließlich hörte ich zu, da keiner mir zuhören wollte, auch wenn ich nicht so weit ging, die Drinks zu zahlen. Neal hatte ein Otterweibchen mit seinen Jungen bis zum Rogers Pass verfolgt, wo das Thermometer offiziell 69,7 Grad unter Null verzeichnet hatte. Während er diesem Otter nachjagte, versuchte ich, auf der Grundlage seiner Beschreibung dessen Stammbaum zurückzuverfolgen. »Es war ganz schön schwer, ihm zu folgen«, sagte er, »denn im Winter war es weiß geworden«, also mußte es etwas von einem Hermelin haben. Nachdem er es auf einen Baum getrieben hatte, sagte er: »Es streckte sich auf dem niedrigen Ast aus, jederzeit bereit, auf den ersten Hirsch zu springen, der vorbeikam«, also mußte an dem Tier ein Berglöwe mitgewirkt haben. Es mußte aber auch Blut von einem Otter haben, denn es war lustig und lächelte ihn an. Aber hauptsächlich war es 3-7-77, weil es das einzige Tier im Westen von Montana war, das – vom Menschen abgesehen – im Winter Junge hatte. »Sie haben sich gleich in mein Hemd gekuschelt«, sagte er und zeigte uns ein Hemd unter seinen zwei rot-weiß-blauen Pullovern.

Long Bow tippte sachte gegen den dicken Fuß seines leeren Glases auf dem Tresen und sagte kein einziges Wort, wohl weil er fürchtete, unaufmerksam zu erscheinen. Aber Old Rawhide konnte die stumme Behandlung nicht länger ertragen, was auch passieren mochte. Sie schob sich vor mich und sagte zu Neals Gesichtshälfte: »He, Buster, was treiben Otter oben auf den Kuppen der Wasserscheide? Ich dachte immer, Otter schwimmen in Creeks und spielen auf Schlammschwemmen?«

Neal brach mitten in einem Satz ab, starrte in den Spiegel und versuchte, das verzerrte Bild auszumachen, das nicht sein eigenes war und doch gesprochen hatte. »Trinken wir noch einen«, sagte er zu allen verzerrten Bildern. Dann nahm er zum ersten Mal förmlich die Anwesenheit einer Frau zur Kenntnis, indem er nicht das Bild, sondern den wirklichen Black Jack hinter dem Tresen ansah und sagte: »Gib ihr auch einen.«

Old Rawhide schloß die Hand um das Glas, das sie bekam, starrte aber weiterhin Neals Profil an. In dem Rancher-Ort Wolf Creek hatten sie und der Great-Northern-Ziegenbock wahrscheinlich nur wenige weitere Männer gesehen, die so blaß und hohläugig waren.

Als ich mich aus meiner Kiste hochrappelte, um mein Versprechen zu halten, früh nach Hause zu gehen, sagte Long Bow: »Danke.« Da ich den ganzen Abend keine einzige Runde bezahlt hatte, wußte ich, er mußte sich bei mir dafür bedanken, daß ich ihnen meinen Schwager überließ. Kaum hatte ich mich von meiner Kiste erhoben, rutschte Old Rawhide auf das Ding, um Neal näher zu sein. Sie stierte in sein Profil, und romantische Gefühle rührten sich unter ihrer Epidermis.

Auf dem Weg hinaus sagte ich über die Schulter zu Neal: »Vergiß nicht, du gehst morgen früh fischen«, und er blickte ihr über die Schulter und sagte: »Was?«

Paul war früh am nächsten Morgen in Wolf Creek, so wie er es versprochen hatte. Obwohl er und ich Freiheiten erlangt hatten, als wir größer wurden, haben wir nie gegen unsere frühen religiösen Unterweisungen verstoßen, die besagten: immer pünktlich zur Kirche, zur Arbeit und zum Fischen.

Florence empfing ihn an der Haustür und sagte nervös: »Es tut mir leid, Paul, aber Neal ist noch nicht aufgestanden. Er ist spät nach Hause gekommen.«

Paul Maclean

Paul sagte: »Ich bin letzte Nacht nicht mal ins Bett gekommen. Weck ihn auf, Florence.«

Sie sagte: »Es geht ihm nicht sehr gut.«

Er sagte: »Mir auch nicht, aber ich gehe in ein paar Minuten fischen.«

Sie blickten sich an. Keine schottische Mutter läßt sich gerne mit einem faulen Sohn im Bett erwischen, und kein Schotte, der fischen gehen will, steht gerne herum und wartet auf einen männlichen Verwandten mit einem Kater. Obwohl die Schotten den Whiskey erfunden haben, versuchen sie doch, die Existenz eines Katers, besonders im Kreis der Familie, nicht einzugestehen. Normalerweise wäre nichts Besseres herausgekommen als ein Unentschieden zwischen meinem Bruder und meiner Schwiegermutter, aber in diesem seltenen Falle fiel einer schottischen Lady überhaupt nichts zur Verteidigung ihres Sohnes ein, und so mußte sie ihn aufwecken, wenn auch so wenig wie möglich.

Wir beluden langsam den Halbtonner-Laster, der Kenny gehörte, meinem einen Schwager, der in Wolf Creek geblieben war. Die drei Frauen hatten schon das schattige Ende des Kastens mit einer Matratze ausgelegt, und dann legten sie auf die Matratze ihren Verwandten von der Westküste. Nachdem Platz für den Kartoffelsalat, den Grill und unser Angelgerät gefunden war, versuchten wir zu sechst es uns bequem zu machen, ohne nur in geringster Weise die Matratze zu stören.

Bis auf die ersten drei Meilen verläuft die Straße zum Elkhorn parallel zum Missouri, der aus der gigantischen Öffnung hervortritt, die Lewis und Clark das Tor zum Gebirge genannt haben. Obwohl das Wasser noch ein paar Meilen weiter klar bleibt, wird die Erde fast im selben Augenblick gelbbraun, da der Fluß dem Gebirge entspringt. Genau unterhalb der dunklen Öffnung, wo der Elkhorn in den Missouri mündet, hört auch die Straße auf. Wie die meisten unbefestigten Pisten, die parallel zum Missouri verlaufen, besteht sie zumeist aus grauem Staub und Schlaglöchern. Die Schlaglöcher verbesserten Neals Gesundheitszustand nicht, und der graue Staub verwandelte sich in Gumbo-Brei, wenn es regnete.

Kenny, als derjenige von Jessies Brüdern, der in Wolf Creek geblieben war, glich den meisten Menschen, die in kleinen Orten mit zwei Straßen leben – mit den Händen konnte er fast alles machen. Er konnte, unter anderem, einen Halbtonner über ein Gelände fahren, das mit einem bepackten Maultier schon schwer zu überqueren wäre, und er hatte Dorothy geheiratet, eine staatlich geprüfte Krankenschwester. Sie war klein und kräftig, und sie war ausgebildete Operationsschwester. Rancher kamen mit ihren Eingeweiden in den Händen aus dem Hinterland angefahren und suchten die ›OP-Schwester‹ auf, um sich von ihr wieder zusammenflicken zu lassen. Auch Florence und Jessie waren auf verschiedenste Weise medizinisch bewandert, und die drei zusammen galten als das medizinische Zentrum von Wolf Creek. Jetzt beugten sich die drei Frauen über eine alte Matratze und bildeten dabei sozusagen eine Intensivstation.

Ken stand auf freundlichem Fuße mit sämtlichen hundertelf Einwohnern von Wolf Creek und den meisten Ranchern der Umgebung, besonders mit den Ranchern aus Schottland, die früh in den Westen gekommen waren und längst wußten, wie man im Gebirge und im Schnee Vieh züchtet. So bekamen wir die Erlaubnis, im Elkhorn zu fischen. Der Fluß gehörte bis zu seiner Quelle Jim McGregor, und an allen Zäunen waren Schilder, auf denen von oben nach unten zu lesen war: ›Jagen Verboten‹, ›Angeln Verboten‹, und schließlich als Nachtrag: ›Betreten Verboten‹. So kam es, daß auf seinen Wiesen etwa ebenso viele Wapitis wie Kühe weideten, aber er hielt das für billiger, als sein Gelände den Jägern aus Great Falls zugänglich zu machen, die so ihre Schwierigkeiten haben, einen Wapiti von einer Kuh zu unterscheiden.

Eins allgemein über eine Ranch-Straße – es ist immer weniger von ihr vorhanden, je näher sie den Kühen kommt. Unsere wurde einfach zu zwei Spurrillen, die in Zickzackbewegungen zum Kamm der Bergkette führten, und dann wiederholte sich dieser Verlauf mit etwa der gleichen Anzahl von Zickzackbewegungen hinunter zum Elkhorn, der nur eine Kurve aus Weidenbäumen und Wasser ist, die sich durch hohes Gras windet, bis sich plötzlich der Berg öffnet und die Weiden verschwinden. Auf dem Kamm der Bergkette waren die Spurrillen immer noch aus grauem Staub, und schwarze Wolken lagen auf den schwarzen Bergen weiter vorn.

Sobald der Laster im Flußtal gehalten hatte, war Paul schon draußen. Er hielt seine Rute hoch und hatte Vorfach und Fliegen angebracht, bevor ich mich aus der Klemme befreien konnte, in der ich zwischen Dorothy und Jessie eingezwängt gesessen hatte, und Jessie mich noch am Unterarm festhielt und mir zumurmelte: »Wehe, du läufst weg und läßt meinen Bruder im Stich.« Außerdem mußte ich noch eine gute Minute herumhüpfen, weil mir in der Enge ein Bein eingeschlafen war.

Mittlerweile sagte Paul eher halblaut: »Ich gehe drei Angelwürfe flußab und fische dann flußaufwärts. Ihr verteilt euch und fischt flußabwärts, bis wir uns treffen.« Dann war er weg.

Ein Grund, warum Paul mehr Fische fing als jeder andere, war der, daß er seine Fliegen länger als jeder andere im Wasser hatte. »Bruder«, waren immer seine Worte, »es gibt keine fliegenden Fische in Montana. Hier draußen kannst du keinen Fisch fangen, wenn deine Fliegen in der Luft sind.« Seine Ausrüstung war gebrauchsbereit in dem Augenblick, als er aus dem Wagen stieg; er ging schnell; er vergeudete selten Zeit damit, die Fliegen zu wechseln, sondern wechselte statt dessen die Tiefe, in der er mit ihnen fischte, oder die Bewegung, mit der er sie aus dem Wasser holte; wenn er aber die Fliegen wechselte, band er die Knoten mit der Geschwindigkeit einer Näherin; und so weiter. Seine Fliegen waren mindestens zwanzig Prozent länger im Wasser als meine.

Ich vermutete noch einen weiteren Grund, warum er sich heute so schnell und so weit wie möglich von mir trennte – er wollte nicht, daß ich mit ihm über neulich nacht redete.

Ken sagte, er wolle flußaufwärts gehen, um bei den Biberburgen zu fischen. Biberburgen waren sein Fall, und er wußte dort zu fischen. So ging er glücklich davon, um im Schlick zu waten und im Gestrüpp zu straucheln und durch lose Stöße von Ästen zu stürzen, die Biberburgen heißen, und am Ende mit Tang um den Hals und einem Korb voller Fische dazustehen.

Jessie kniff mir noch einmal in den Arm und verkürzte ihre Mahnung zu: »Laß meinen Bruder nicht im Stich.« Ich rieb mir den Arm und ließ ihn vorgehen, damit er nicht sofort ausreißen konnte. Wir gingen den Pfad hinunter um die erste Biegung, wo der Fluß aus den Weidensträuchern kommt und durch eine Wiese führt. Dann schwankte sein Gang und wurde mit Absicht mitleiderregend. »Mir geht es immer noch nicht gut«, sagte er, »ich glaube, ich bleibe hier und fische von der Wiese.« Wegen der Biegung des Flusses konnte er nicht gesehen werden, und doch hatte er, wenn er zurückwollte, nur ein paar hundert Schritte zu gehen.

»Warum nicht?« fragte ich und erkannte die dumme Frage gleich, als ich sie stellte.

Obwohl Paul inzwischen drei oder vier Fische haben mußte, ließ ich mir Zeit für den Pfad flußabwärts und versuchte mit jedem Schritt, die Welt hinter mir zu lassen. Etwas in Fischern versucht das Fischen zu einer eigenen und vollkommenen Welt zu machen – ich weiß nicht, was oder wo es ist, denn manchmal steckt es mir in den Armen und manchmal in der Kehle, und manchmal ist es nirgendwo konkret außer irgendwo tief im Innern. Viele von uns wären wahrscheinlich bessere Fischer, wenn wir nicht soviel Zeit damit verbrächten, darauf zu lauern und zu warten, daß die Welt vollkommen wird.

Am schwersten zurückzulassen ist gewöhnlich das, was ungefähr das Gewissen genannt werden kann; so war es auch jetzt der Fall.

Sollte oder sollte ich nicht mit meinem Bruder über das reden, was neulich nacht passiert war? Ich nannte es eher unbestimmt das, »was neulich nacht passiert war«, um es mir nicht bildlich vorzustellen, besonders nicht seine Wurfhand. Sollte ich nicht wenigstens anbieten, ihm mit Geld auszuhelfen, falls er den Schaden bezahlen mußte? Ich dachte über diese alten Fragen nach, die sich mir nun in neuer Form stellten, und zwar in Gestalt langer Tanzbeine, die sich auf einem Gefängnisfußboden spreizten, bis die Gewissensfragen schließlich verschwanden, wieder wie gewöhnlich, ohne daß es irgendwelche Antworten darauf gab. Ich wußte immer noch nicht, ob ich mich entschlossen hatte, heute mit meinem Bruder zu reden.

Irgend etwas machte mir jedoch noch Sorgen, bis ich auf dem Pfad umkehrte und zu der Wiese zurückging, so daß ich sagen konnte, daß ich mich entschlossen hätte.

Über die Wiese führte ein Damm, und oberhalb davon war ein großer, blauer Kolk, wo Neal eingenickt auf einem Stein saß, die rote Hills-Bros.-Kaffeedose neben sich. Er hatte den Kopf gesenkt, so daß sein blasser Nacken der Sonne ausgesetzt war und bald die Farbe der Kaffeedose annehmen würde.

»Was machst du da?« fragte ich.

Er brauchte einige Zeit, um eine Antwort zu formulieren. »Ich war gerade beim Fischen«, sagte er schließlich. Dann versuchte er es noch einmal mit größerer Genauigkeit. »Ich bin gerade beim Fischen und fühle mich nicht gut«, sagte er.

»Dieses stehende Wasser ist wohl keine besonders gute Stelle zum Fischen, oder?« fragte ich.

»Doch«, sagte er, »sieh dir nur die vielen Fische am Grunde des Kolks an.«

»Squaw-Hechte und Aitel«, klärte ich ihn auf, ohne auch nur hinzusehen.

»Was ist Aitel?« fragte er und wurde so zum allerersten aus Montana stammenden Mann, der je auf einem Stein saß und fragte, was ein Aitel sei.

Im tiefen Wasser vor ihm baumelte ein kleines rosa Knäuel, das bestimmt aus Regenwürmern bestand, die alle an einem Haken aufgespießt waren. Am Vorfach, direkt über den Würmern, hingen zwei rote Kügelchen, die dort zweifellos aus kosmetischen Gründen angebracht waren. Das Knäuel aus Würmern mit den beiden Kügelchen hing nur sechs Zoll von dem nächsten Aitel entfernt. Es rührte sich kein einziger Fisch, ebensowenig der Fischer, obwohl sie einander klar und deutlich sehen konnten.

»Würdest du gerne einmal mit Paul und mir zum Fliegenfischen gehen?« fragte ich.

»Danke«, sagte er, »aber nicht im Augenblick.«

»Na gut, also dann«, sagte ich, »paß auf dich auf und mach dir einen schönen Tag.«

»Mach ich«, sagte er.

Ich ging den Pfad wieder hinunter in der irrigen Vorstellung, ich hätte mir selbst etwas Gutes tun können, als ich zurück zu meinem Schwager ging. Die große Wolke, die aus dem Tor zu den Rocky Mountains kam, sagte mir jedoch unentwegt, daß ich heute, so sehr ich sie auch suchte, keine Augenblicke der Vollkommenheit finden sollte. Und auch, daß ich nicht viele Fische fangen würde, wenn ich nicht bald mit der Trödelei aufhörte.

Ich bog bei der nächsten Wiese von dem Pfad ab und hätte an zwei oder drei Kolken mein Limit fangen können. Da Jim McGregor pro Jahr nur wenige Fischer an seinen kleinen Fluß ließ, war dieser übervölkert von Fischen, die wahrscheinlich nie länger als zehn oder zwölf Zoll werden würden.

Ich hatte nur ein Problem, sie zu fangen, und das auch nur bei den ersten paar Fischen. Ich ließ dem Angelhaken zu wenig Zeit, sich festzusetzen. Der Angelhaken hat an der Spitze einen Widerhaken, und wenn der Angelhaken nicht tief genug in das Maul oder den Kiefer des Fisches eindringt, so daß der Widerhaken festsitzt, spuckt oder reißt der Fisch den Angelhaken aus. Also muß man, wenn der Fisch beißt, der Schnur einen kleinen Ruck geben, entweder direkt mit der linken Hand oder mit der Rute in der rechten Hand. Der Zeitpunkt und der Druck müssen vollkommen stimmen – zu früh oder zu spät oder zu wenig oder zu viel, und der Fisch mag wohl ein paar Tage ein wundes Maul haben, wird aber aufgrund seiner Erfahrung wahrscheinlich länger leben.

Ich bewegte die Fliege so schnell, daß ich sie den Fischen entzog, bevor sie zuschnappen konnten. Jede Forellenart ist mit einem anderen Geschwindigkeitsmesser ausgestattet, und die richtige Zeiteinteilung ist auch abhängig von dem Strom und selbst dem Wetter und der Tageszeit. Ich hatte zu lange in den schnellen Wassern des Big Blackfoot gefischt, wo die Regenbogenforellen hinter großen Felsenfestungen hervorgeschossen kommen. Irgendein Rancher von früher hatte im Elkhorn Bachforellen aus dem Osten ausgesetzt, und die sind, wie ihr Name nahelegt, von mehr meditativer Natur.

Sobald ich mein Tempo gedrosselt hatte, verlor ich das Interesse an ihnen. Sie sind schön anzusehen – schwarze Rücken, gelbe und orange Flecken an den Seiten, rote Bäuche mit weißgesäumten Bauchflossen. Sie sind Kompositionen aus Farben und wurden oft auf Servierplatten gemalt. Aber sie sind nur mäßige Kämpfer, und sie fühlen sich an wie Aale, weil sie so kleine Schuppen haben. Außerdem spricht im Westen von Montana ihr Name gegen sie, wo ›Bach‹ kein gesellschaftlich akzeptables Ersatzwort für ›Creek‹ ist.

Ganz plötzlich fragte ich mich, was mein Bruder wohl machte, wußte ich doch, daß er bestimmt keine Zeit vergeudete, um sein Limit mit zehn Zoll langen Bachforellen zu fangen. Wenn ich meinen Platz in seiner Schußweite halten wollte, mußte ich mich besser daran machen, einige jener braunen Ungeheuer zu fangen, die sich ihren Weg vom Missouri herauf erkämpfen.

Das Fischen ist eine eigene Welt, die getrennt von allen anderen erschaffen wurde, und in ihr sind wieder eigene Welten enthalten – eine davon ist das Fischen von großen Fischen in kleinen Gewässern, wo es nicht Welt genug und Wasser gibt für einen Fisch und einen Fischer und die Weidenbüsche am Ufer des Flusses alle gegen den Fischer sind.

Ich machte Pause, putzte meine Bachforellen und legte sie zwischen Schichten aus wildem Heu und Minze in meinen Korb, wo sie noch schöner waren als die auf den Platten. Dann, um für die große Beute gerüstet zu sein, wechselte ich zu einem Vorfach für Achtpfünder und zu einer Fliege Nummer Sechs.

Ich wachste die ersten dreißig Fuß meiner Angelschnur für den Fall, daß sie sich mit Wasser vollgesogen hatte und nicht schwimmen würde, warf einen letzten Blick auf meine zehn Zoll langen Bachforellen in Minze und schloß dann meinen Korb für die Welt der kleinen Fische.

Ein gewaltiger Schatten kam über die Wiese auf mich zu, mit einer großen Wolke im Gefolge. Der Elkhorn Canyon ist so tief und schmal, daß der Himmel aus einer schwarzen Wolke oder anderthalb bestehen kann. Die anderthalb schwarzen Wolken können weiterziehen und Sonnenschein bringen, oder sie können noch schwärzeren Platz machen. Vom Grund des Canyons läßt sich nicht erkennen, was kommt, aber ich hatte das Gefühl, es war kein Sonnenschein.

Plötzlich begannen so viele Fische zu springen, daß es aussah, als ob die ersten übergroßen Regentropfen fielen. Wenn Fische auf diese Weise zu springen beginnen, tut sich etwas mit dem Wetter.

In jenem Augenblick bestand die Welt voll und ganz aus dem Elkhorn, einer mythologischen Steinforelle, dem Wetter und mir, und von mir existierten nur noch Gedanken über den Elkhorn, das Wetter und einen mythologischen Fisch, der ein Forellchen meiner Phantasie gewesen sein mochte.

Der Elkhorn sieht genau danach aus, was er ist – ein Spalt in der Erde, der bezeichnet, wo die Rocky Mountains aufhören und die Prärien der Great Plains anfangen. Die Riesenberge haben einen schwarzen Rücken aus den letzten Bergkiefern. Ihre östlichen Abhänge färben sich braun und gelb sowie die hohen Präriegräser beginnen, aber es gibt gelegentlich schwarze Flecken, wo die Kiefern sich zerstreuen, um einen letzten Blick zurück zu erhaschen. Die mythologische Steinforelle und der Canyon verbanden sich harmonisch in meinen Gedanken. Die Forelle, die wirklich und zum Greifen nahe sein konnte, war massig, schwarz auf dem Rükken, gelb und braun an den Seiten, hatte schwarze Flecken und einen Flossenrand in Weiß. Der Elkhorn und die Steinforelle gleichen sich auch darin, daß sic schön sind, weil sie teilweise häßlich sind.

Ich legte 150 oder 200 Schritte am Wasser zurück, wo kleine Bachforellen immer noch wie Regentropfen hüpften, und kam schließlich an eine schöne Stelle, wo kein einziger Fisch sprang. Am oberen Ende des Kolks teilte sich das Wasser an einem großen Felsen, wirbelte zurück, vertiefte sich, sammelte sich und verlor schließlich an Tiefe und Tempo, während es träge unter die Korbweiden trieb. Ich dachte, es kann ja nicht sein, daß in solch schönem Wasser deshalb kein Fisch springt, weil kein Fisch darin ist. Es muß vielmehr so sein, daß dort ein einziger Fisch ist, so groß wie ein Wapitibulle mit einem königlichen Geweih, der in der Brunstzeit alle männlichen Konkurrenten aus der Herde vertreibt.

Da es im allgemeinen besser ist, flußaufwärts zu fischen, damit das Wasser, in dem man als nächstes fischen will, nicht schmutzig wird, stieg ich zurück ans Ufer, wo die Fische mich nicht sehen konnten, und ging zum unteren Ende des Kolks, ehe ich zum ersten Mal meine Angel auswarf. Inzwischen hatte ich den Glauben an meine Theorie über den einen Wapitibullen in diesem Kolk verloren, aber ich rechnete doch damit, eine kleine Bachforelle oder zwei im seichten Wasser zu fangen. Als sich nun gar nichts rührte, ging ich weiter flußaufwärts zu tieferem Wasser, wo die Korbweiden begannen, von denen Insekten fielen.

Nicht einmal ein Glitzern im Wasser von der Flanke einer Forelle, die auf die Fliege zuschwamm und plötzlich zu dem Schluß kam, daß allem Anschein nach etwas nicht stimmte. Ich fragte mich langsam, ob jemand eine Stange Dynamit in den Kolk geschmissen und alle Fische in die Luft gesprengt hatte, und meine Theorie über den einen

Graue Feder

Die beste Allround-Fliege. Größe 10–6.
Für See oder Strom.

Wapitibullen gleich mit. Sollte in all diesem Wasser ein Fisch sein, blieb nur noch ein Ort, wo er sein konnte – wenn er nicht im offenen Wasser war und wenn er nicht am Rande der Korbweiden war, dann mußte er unter den Weiden sein, und ich war nicht glücklich über die Aussicht, die Angel in Weidenbüsche zu werfen.

Vor Jahren, am Ende eines Sommers, in dem ich beim Forstdienst gearbeitet hatte, war ich einmal mit Paul fischen, und da ich aus der Übung gekommen war, achtete ich besonders darauf, im offenen Wasser zu bleiben. Paul beobachtete, wie ich in einem Kolk fischte, der auch unter die Weiden reichte, bis er den Anblick nicht länger ertragen konnte.

»Bruder«, sagte er, »du kannst keine Forellen in der Badewanne fangen.

Du fischst gerne in sonnigem offenen Wasser, weil du Schotte bist und Angst hast, eine Fliege zu verlieren, wenn du in die Büsche wirfst.

Aber die Fische nehmen keine Sonnenbäder. Sie sind unter den Büschen, wo es kühl ist und sie sicher sind vor Fischern wie dir.«

Ich bestätigte seine Vorwürfe nur, als ich mich verteidigte. »Ich verliere Fliegen, wenn ich mich in den Büschen verfange«, klagte ich.

»Was juckt dich das, zum Teufel?« fragte er. »Wir zahlen doch nichts für die Fliegen. George freut sich immer, wenn er noch welche für uns binden kann. Kein Mensch«, sagte er, »hat einen guten Tag beim Fischen verbracht, wenn er nicht ein paar Fliegen in den Büschen hängen läßt. Du kannst keine Fische fangen, wenn du dich nicht hinwagst, wo sie sind.«

»Gib mir deine Rute«, sagte er. Ich vermute, er nahm meine Rute, damit ich nicht glaubte, daß der Wurf in die Büsche nur mit seiner Rute gemacht werden konnte. Auf diese Weise lernte ich, daß auch meine Rute zum Wurf in die Büsche gebraucht werden kann, aber die Wahrheit ist, ich habe diesen Wurf nie gemeistert, wahrscheinlich weil ich immer noch vor der Aussicht zurückschrecke, Fliegen zu verlieren, die ich gar nicht bezahlen muß.

Ich hatte jetzt keine andere Wahl, als in die Weiden zu werfen, wenn ich wissen wollte, warum die Fische überall im Wasser sprangen, nur nicht in diesem Kolk, und ich wollte es immer noch wissen, denn es ist kein Fliegenfischen, wenn man nicht Antworten auf Fragen sucht.

Da ich diese Wurftechnik seit einiger Zeit nicht mehr angewandt hatte, beschloß ich, ein bißchen zu üben, also begab ich mich flußabwärts, um ein paar Würfe in die Büsche zu machen. Dann ging ich vorsichtig flußaufwärts an die Stelle, wo die Korbweiden am dichtesten waren, und achtete dabei auf meine Füße, um nur ja keinen Stein klappern zu lassen.

Es war ein hoher Wurf, und er ging sanft an meinem Kopf vorbei, ganz das Gegenteil dessen, was er gewesen wäre, wenn er in den Wind geschleudert worden wäre. Ich war aufgeregt, bewahrte aber Ruhe und Beherrschung in meinem Arm. Anstatt Kraft einzusetzen, als die Schnur vorwärtsschoß, ließ ich sie weiterfliegen, bis das vertikale Periskop in meinem Auge, meinem Hirn oder meinem Arm oder wo es sonst ist, mir sagte, daß meine Fliege sich über dem Rand der allernächsten Weiden befand. Dann zog ich mit leichtem Ruck an der Schnur, und sie fiel fast senkrecht herunter. Zehn oder fünfzehn Fuß, bevor die Fliege landet, kann man erkennen, ob ein Wurf wie dieser vollkommen sein wird, und man kann, wenn nötig, noch kleine Korrekturen anbringen. Der Wurf ist so sanft und langsam, daß er sich verfolgen läßt wie eine Aschenflocke, die aus einem Kamin zu Boden schwebt. Es ist eine der ruhigen Aufregungen des Lebens, ein wenig Abstand von sich selbst zu nehmen und sich dabei zu beobachten, wie man sanft zum Urheber von etwas Schönem wird, auch wenn es nur eine treibende Aschenflocke ist.

Das Vorfach landete auf dem niedrigsten Ast des Busches, und die Fliege baumelte an ihrem kleinen Pendel drei oder vier Zoll über dem Wasser, vielleicht waren es auch fünf oder sechs. Um den Wurf zu vollenden, mußte ich als nächstes mit meiner Rute die Schnur schütteln, damit die Fliege, falls die Schnur sich nicht im Gebüsch verfangen hatte, ins Wasser fiele. Kann sein, daß ich das getan habe, es kann aber auch sein, daß der Fisch aus dem Wasser hochschnellte und meine Fliege schnappte, als er hochschoß in den Busch. Es ist das einzige Mal, daß ich je mit einem Fisch im Baum gekämpft habe.

Die Indianer pflegten aus den roten Zweigen dieser Weiden Körbe zu flechten, also bestand keine Gefahr, daß die Zweige brechen würden. Es hieß Fisch oder Fischer.

Etwas Seltsames, Losgelöstes und sogar leicht Komisches packt einen Fischer großer Fische in dem Augenblick, nachdem ein großer Fisch angebissen hat. Im Arm, in der Schulter oder im Gehirn eines Fischers großer Fische befindet sich eine Waage, und in dem Augenblick, da der große Fisch in die Luft geht, stellt der Fischer großer Fische, wie auch immer sein Blutdruck beschaffen sein mag, die Waage unter den Fisch und wiegt ihn ungerührt. Er hat nicht genügend Hände und Arme, um all die anderen Dinge zu tun, die er gleichzeitig tun sollte, aber er versucht, das Gewicht des Fisches ziemlich genau zu bestimmen, damit er nicht enttäuscht ist, wenn er den Fisch fängt. Ich sagte mir: »Der Hurensohn wiegt seine sieben oder acht Pfund«, und ich versuchte, die Tatsache in Rechnung zu stellen, daß ich womöglich auch ein Stück des Gebüschs auf die Waage legte.

Die Luft war gefüllt mit den toten Blättern und grünen Beeren der Korbweiden, aber ihre Zweige hielten stand. Als die große Steinforelle hoch ins Gebüsch schoß, knüpfte sie um jeden Zweig, an dem sie vorbeikam, einen anderen Knoten. Sie verwob das Gebüsch zu einem Korb aus einfachen Knoten, Paalsteeks und doppelten Halbstichen.

Körper und Geist erleiden keine jähere Heimsuchung als den Verlust eines großen Fisches, da es doch wohl zwischen Leben und Tod einen kleinen Übergang geben muß. Im Falle eines großen Fisches aber ist die Welt in einem Augenblick in ihren Atomen vorhanden, und im nächsten Augenblick ist sie verschwunden. Das ist alles. Sie ist weg. Der Fisch ist weg, und man selbst ist von der Erdoberfläche verschwunden, bis auf die viereinhalb Unzen eines Stocks, an dem etwas Schnur hängt, ein halbdurchsichtiger Faden aus Katgut, an dem ein kleines gebogenes Stück Schwedenstahl hängt, an dem ein Stück einer Feder vom Hals eines Huhnes hängt.

Ich weiß nicht einmal, wohin er verschwunden war. Soviel ich vermute, hatte er sich hoch ins Gebüsch geschwungen und dann in Luft aufgelöst.

Ich watete hinaus zum Gebüsch, um zu sehen, ob

irgendwelche Spuren der Wirklichkeit zurückgeblieben waren. Da hing etwas von der verhedderten Angelschnur, aber mir zitterten die Hände, so daß ich die komplizierten Knoten, die um die Zweige geschlungen waren, nicht lösen konnte.

Selbst Moses konnte nicht mehr gezittert haben, als der Dornbusch vor ihm in Flammen stand. Schließlich löste ich meine Schnur vom Vorfach und ließ den restlichen Schlamassel in den Weiden.

Die Dichter sprechen von ›Punkten der Zeit‹, aber in Wirklichkeit sind es die Fischer, die die Ewigkeit zu einem Augenblick verdichtet erleben. Kein Mensch kann sagen, was ein Punkt der Zeit ist, bis plötzlich die ganze Welt ein Fisch und der Fisch verschwunden ist. Ich werde mich ewig an diesen Hurensohn erinnern.

Eine Stimme sagte: »Das war ein großer Bursche.« Es hätte mein Bruder sein können, oder es hätte der Fisch gewesen sein können, der wieder in der Luft kreiste und hinter meinem Rücken prahlte.

Ich drehte mich um und sagte zu meinem Bruder: »Ich habe ihn verfehlt.« Er hatte alles gesehen, und wenn mir noch etwas anderes eingefallen wäre, so hätte ich das gesagt. Statt dessen wiederholte ich: »Ich habe ihn verfehlt.« Ich schaute auf meine Hände, und die Handflächen zeigten nach oben, wie in einer flehenden Gebärde.

»Du hättest doch gar nichts anderes machen können«, sagte er. »Du kannst keinen großen Fisch im Gebüsch fangen. Ich habe auch noch nie zuvor jemanden gesehen, der das versucht hat.«

Ich meinte, daß er nur versuchte, mir Trost zu spenden, besonders, da ich gar nicht übersehen konnte, daß ein paar riesige schwarze Schwänze mit riesigen schwarzen Flecken aus seinem Korb ragten. »Wie hast du deine gefangen?« fragte ich. Ich war aufgeregt und fragte nach allem, was ich wissen wollte.

Er sagte: »Ich habe sie im flachen, offenen Wasser gefangen, wo keine Büsche waren.«

Ich fragte: »Solche großen im flachen, offenen Wasser?«

Er sagte: »Ja, große braune Steinforellen. Du bist es gewohnt, in großen Gewässern nach großen Regenbogenforellen zu fischen. Aber die großen Braunen fressen oft am Rande einer Sandbank in einer Niederung, wo Grashüpfer und sogar Mäuse ins Wasser fallen. Du gehst am flachen Wasser entlang, bis du siehst, daß da schwarze Rücken rausgucken und der Schlick aufgewirbelt wird.«

Das brachte mich sogar noch viel mehr zur Verzweiflung. Ich dachte, in diesem Kolk in Vollkommenheit gefischt zu haben und genauso, wie mein Bruder es mich gelehrt hatte, nur daß er mir nicht verraten hatte, was zu tun sei, wenn ein Fisch auf den Baum steigt. Das ist nun mal der Haken, wenn man sich an einen Meister hängt – man übernimmt von ihm einige Dinge, etwa wie man die Angel im Gebüsch auswirft, aber man wendet sie eben dann an, wenn der Meister genau das Gegenteil tut.

Ich war immer noch aufgeregt. In mir war eine große Leere, die gefüllt werden mußte und Antwort auf eine weitere Frage verlangte. Bevor ich sie stellte, hatte ich keine Ahnung, wie sie lauten würde. »Kann ich dir mit Geld oder sonstwie helfen?« fragte ich.

Was ich mich sagen hörte, beunruhigte mich dermaßen, daß ich mich schnell wieder zu fassen versuchte. Doch statt dessen machte ich den einmal begangenen Fehler nur noch schlimmer. »Ich dachte, du könntest vielleicht Hilfe brauchen wegen neulich nacht«, sagte ich.

Wahrscheinlich faßte er meine Anspielung auf neulich nacht als Anspielung auf sein Indianermädchen auf, und so sagte ich, um das Thema zu wechseln: »Ich dachte, es hätte dich vielleicht eine Menge gekostet, das Vorderende deines Wagens reparieren zu lassen, nach der Nacht, als du den Hasen gejagt hast.« Jetzt hatte ich drei Fehler gemacht.

Er reagierte so, als hätte sein Vater ihm einen Teller Haferflocken angeboten. Er senkte schweigend den Kopf, bis er sicher war, daß ich nichts mehr sagen würde. Dann sagte er: »Es wird gleich regnen.«

Ich warf einen Blick zum Himmel, den ich ganz vergessen hatte, seit die Welt nicht mehr höher war als ein Gebüsch. Da oben gab es zwar einen Himmel, aber der war nichts weiter als eine große schwarze Wolke, die zu tragen eine schwere Last für den Canyon gewesen sein muß.

Mein Bruder fragte: »Wo ist Neal?«

Die Frage überrumpelte mich, und ich mußte erst überlegen, bis ich Neal gefunden hatte. »Ich habe ihn an der ersten Biegung zurückgelassen«, sagte ich schließlich.

»Dafür wird man dir die Hölle heiß machen«, meinte mein Bruder zu mir.

Diese Bemerkung erweiterte meine Welt, bis sie einen Halbtonner-Laster und einige schottische Frauen umfaßte. »Ich weiß«, erwiderte ich und ging daran, meine Rute zu verstauen. »Ich bin fertig für heute«, sagte ich und zeigte mit dem Kopf auf meine Rute.

Paul fragte: »Hast du dein Limit?« Ich sagte: »Nein«, obwohl ich wußte, daß er eigentlich fragte, ob ich nicht schon genug in Schwierigkeiten steckte, auch ohne kurz vor meinem Limit aufzuhören. Für Frauen, die nicht fischen, sind Männer, die ohne ihr Limit nach Hause kommen, Versager im Leben.

Mein Bruder empfand das auch so. »Du würdest nur ein paar Minuten brauchen, um dein Limit durch Bachforellen zu erfüllen«, sagte er, »die springen doch noch überall. Ich rauche eine Zigarette, während du noch sechs fängst.«

Ich sagte: »Danke, aber für heute bin ich fertig«, obwohl ich wußte, daß er nicht verstehen konnte, warum sechs weitere kleine Bachforellen an meiner Lebensauffassung auch nichts mehr ändern würden. Inzwischen war klar, heute war einer dieser Tage, an dem die Außenwelt mich nicht das tun lassen würde, was ich wirklich tun wollte – eine große braune Steinforelle fangen und mit meinem Bruder auf irgendeine hilfreiche Weise reden. Statt dessen war da ein leeres Gebüsch, und es sollte gleich regnen.

Paul sagte: »Komm schon, wir gehen Neal suchen.« Dann fügte er hinzu: »Du hättest ihn nicht im Stich lassen sollen.«

»Wie?« fragte ich.

»Du solltest versuchen, ihm zu helfen«, antwortete er.

Ich fand zwar Worte, doch keine Sätze, die dazu paßten. »Ich habe ihn nicht im Stich gelassen. Er kann mich nicht leiden. Er kann Montana nicht leiden. Er hat mich verlassen, um mit Würmern zu angeln. Er kann nicht einmal mit Würmern angeln. Und ich, ich kann überhaupt nichts an ihm leiden.«

Ich spürte geradezu, wie die ganze Erregung über den Verlust des großen Fischs durch den Transformator lief und als Zorn über meinen Schwager herauskam. Ich spürte auch, daß ich mich wiederholte, ohne ganz genau dasselbe zu sagen. Trotzdem fragte ich: »Meinst du, *du* solltest ihm helfen?«

»Ja«, sagte er, »ich dachte, das wollten wir.«

»Wie?« fragte ich.

»Indem wir ihn zum Fischen mitnehmen.«

»Das habe ich dir gerade erklärt«, sagte ich. »Er geht nicht gerne fischen.«

»Kann ja sein«, erwiderte mein Bruder. »Kann aber auch sein, daß er es gerne hat, wenn jemand ihm zu helfen versucht.«

Ich verstehe meinen Bruder immer noch nicht. Er selbst hat stets jedes Hilfsangebot ausgeschlagen, aber auf irgendeine vertrackte Weise hat er gewiß von sich selbst geredet, als er davon redete, daß Neal Hilfe brauchte. »Komm schon«, sagte er, »wir müssen ihn finden, bevor er sich in dem Unwetter verirrt.« Er wollte den Arm um meine Schultern legen, aber sein Fischkorb, aus dem die großen Schwänze herausguckten, kam zwischen uns und machte es schwierig. Wir sahen beide unbeholfen aus – ich bei dem Versuch, ihm Hilfe anzubieten, er bei dem Versuch, mir dafür zu danken.

»Ziehen wir also los«, sagte ich. Wir stießen auf

den Pfad und schlugen den Weg flußaufwärts ein. Die schwarze Wolke nahm den Canyon jetzt völlig in Besitz. Die Dimensionen der Welt waren auf ungefähr 900 mal 900 mal 900 Fuß zusammengepreßt. Etwa so muß es 1949 gewesen sein, als das riesige Feuer aus der Mann Gulch, der nächsten Schlucht den Missouri hoch, sich im Sturm über die Wasserscheide hinunter zum Elkhorn ausbreitete. In der Mann Gulch setzte der Forstdienst sechzehn seiner besten Feuerwehr-Fallschirmspringer ein, von denen später dreizehn anhand ihrer Zahnprothesen identifiziert werden mußten. Und so kam auch dieser Sturm über den Elkhorn – um ihn gleich auszulöschen.

Wie auf ein Signal sprang auf einmal kein Fisch mehr. Dann kam Wind auf. Das Wasser verließ den Flußlauf und stieg ins Gebüsch, wie mein Fisch. Die Luft am Fluß war gefüllt mit Weidenblättern und grünen Beeren. Dann verschwand die Luft und war nicht mehr zu sehen. Sie war nur noch vorhanden in Form von Zapfen und Zweigen, die mir ins Gesicht schlugen und so blieb es.

Der Sturm kam auf einem Wildpferd und ritt über uns hin.

Wir machten uns auf den Weg über die Wiese an der Biegung, um nach Neal zu suchen, aber bald waren wir nicht einmal mehr sicher, wo wir waren.

Meine Lippen trieften klatschnaß vom Wasser. »Hier ist der Bastard nicht«, sagte ich, wenn auch keiner von uns genau wußte, wo ›hier‹ war. »Nein«, sagte mein Bruder, »er ist da.« Dann fügte er hinzu: »Und im Trockenen.« Damit wußten wir beide, wo ›da‹ war.

Als wir zum Laster zurückgefunden hatten, war aus dem Regen gleichbleibender Niederschlag geworden, beherrscht jetzt von der Schwerkraft. Wir hatten unsere Zigaretten und Streichhölzer unter unseren Hüten verstaut, um sie trocken zu halten, aber ich spürte, wie das Wasser meine Haarwurzeln umspülte.

Der Laster tauchte aus dem Unwetter auf wie aus der Vergangenheit der Pioniere, sah er doch aus wie ein Planwagen, der belagert wurde von einem Kreis aus Regen. Ken mußte noch rechtzeitig von den Biberburgen zurückgeeilt sein, um ein paar alte Regenplanen hervorzuholen, einige Stäbe zurechtzuschneiden, und dann die Planen über den Ladekasten des Lasters zu spannen. Es war an mir und nicht an meinem Bruder, als erster den Kopf durch die Plane zu stecken und den ›afrikanischen Schädelwedler‹ zu spielen, der in der Jahrmarktsbude beim alten Zirkus den Kopf durch eine Leinwandkulisse steckte und sich für zehn Cent von jedem mit einem Baseball bewerfen ließ. Als ich meinen

Kopf durch das Loch gesteckt hatte, erstarrte ich jedoch, so daß ich unfähig war, mich vor irgendwelchen Dingen zu ducken, die womöglich nach mir geworfen würden, oder auch nur die Reihenfolge zu bestimmen, in der die Dinge auftauchten. Wie sich zeigte, beruhte die tatsächliche Reihenfolge nicht auf meiner Wahl.

Zuerst erschienen die Frauen, dann kam die alte Matratze; die Frauen erschienen mir deshalb zuerst, weil zwei von ihnen Tranchiermesser in der Hand hatten, und die andere, meine Frau, eine lange Gabel, und alle diese Gegenstände glitzerten im Halbdunkel unter den Planen. Die Frauen hockten auf dem Boden des Kastens und waren damit beschäftigt gewesen, Sandwiches zu machen, bis sie meinen Kopf wie eine auf Leinwand gemalte Zielscheibe auftauchen sahen. Dann richteten sie ihr Schneidbesteck auf mich.

Mitten über dem Kasten, wo die Planen sackten und nicht ganz schlossen, war ein Leck. Dahinter, in der Tiefe des Kastens, lag die alte Matratze, aber wegen der Messer und Gabeln konnte ich sie nicht in allen Einzelheiten erkennen.

Meine Frau richtete die lange Gabel auf mich und sagte: »Du bist abgehauen und hast ihn im Stich gelassen.«

Meine Schwiegermutter wetzte ihr Messer am

Stahl und sagte: »Der arme Junge, ihm geht's nicht gut. Er war zu lange der Sonne ausgesetzt.«

Mit den einzigen Worten, die ich hervorbringen konnte, während meine Kehle dieser zugespitzten Situation ausgesetzt war, fragte ich: »Und das hat er dir gesagt?«

»Ja, der arme Junge«, sagte sie, wackelte in die Tiefe des Kastens und streichelte ihm mit einer Hand den Kopf, während sie mit der anderen das Tranchiermesser fest im Griff behielt. Da sie nur zwei Hände hatte, mußte sie den Stahl zurücklegen.

Die Ritzen zwischen den Planen ließen eine Menge Wasser durch, aber nicht viel Licht, und so brauchten meine Augen einige Zeit, um sich auf meinen auf der Matratze liegenden Schwager einzustellen. Das erste Licht fiel ihm auf die Stirn, die von heiterer Gelassenheit, aber blaß war, wie es meine gewesen wäre, wenn meine Mutter ihr Leben damit verbracht hätte, mir Sandwiches zu machen und mich vor der Wirklichkeit zu beschützen.

Mein Bruder steckte seinen Kopf durch die Planen und stellte sich neben mich. Die Anwesenheit eines Vertreters meiner Familie gab mir gleich ein besseres Gefühl. Ich dachte: »Hoffentlich kann ich ihm eines Tages genauso helfen.«

Die Frauen machten meinem Bruder ein Sandwich. Was mich anging, so waren mein Kopf und meine Schultern unter dem Verdeck, aber alles übrige von mir hätte genausogut unter einem Regenrohr stehen können. Paul war in der gleichen Verfassung, aber niemand machte Anstalten, näher zusammenzurücken und Platz für uns da drin zu machen. Der Bastard hatte die ganze Tiefe des Kastens für sich. Anstatt sich über die ganze Matratze zu fläzen, brauchte er sich bloß hinzusetzen.

Draußen lief mir das Wasser in breiter Front den Rücken runter, sammelte sich in einem schmalen Längskanal über meinem Hintern, teilte sich dann in zwei Ströme und floß mir in die Socken.

Wenn die Frauen ihr Haushaltseisen nicht dazu gebrauchten, für Neal Sandwiches zu machen, richteten sie es auf mich. Ich konnte alle Sandwiches riechen, die sie nicht für mich machten, und ich konnte riechen, wie das Wasser durch die Planen tropfte und sich durch die Wärme der dichten Körper in Dunst verwandelte, und ich konnte auch riechen, wie die Ausdünstung vom Alkohol der letzten Nacht von der alten Matratze aufstieg. Sie wissen wahrscheinlich, daß die Indianer ihre Schwitzbäder an die Ufer der Flüsse bauen. Wenn sie schweißgebadet sind, springen sie sofort ins kalte Wasser draußen, und, das darf hinzugefügt werden, manchmal sterben sie auch sofort. Ich hatte das Gefühl, in zwei Hälften gespalten zu sein

Santa Claus Streamer

Ergibt einige Geschenke. wenn nichts anderes funktioniert. Das Haar des weißen Polarbären gibt der Fliege gute Beweglichkeit und läßt sie glänzen.

und mich gleichzeitig im Schwitzbad und im kalten Fluß zu befinden und kurz vorm Sterben zu stehen.

Ich trug mich mit einer Reihe endgültiger Gedanken. »Wie konnte der Bastard unter zuviel Sonne gelitten haben? Der Bastard hat nicht mehr als ein paar Stunden Sonnenschein gesehen, seit er Montana verlassen hat, um an die Westküste zu ziehen.« Mir kam auch ein besonderer Gedanke für meine Frau. Um mit ihr offen und ehrlich zu bleiben, dachte ich: »Ich habe deinen Bruder nicht im Stich gelassen. Dein Bruder, der ein Bastard ist, hat mich im Stich gelassen.« Das lief natürlich alles innerlich ab. Meine Schwiegermutter bedachte ich mit dem Gedanken, daß sie einmal Ehebruch begangen haben mußte. Meiner Frau und ihrer Mutter sagte ich in Gedanken: »Dem Bastard fehlt doch nichts. Nur ist das ganze Frostschutzmittel, das er sich gestern nacht bei Black Jack in seinen Kühler geschüttet hat, inzwischen ausgelaufen.«

Es regnete den ganzen Weg zurück nach Wolf Creek, und wir steckten im Gumbo-Schlamm, den ganzen Weg vom Elkhorn bis zu Jim McGregors Ranchhaus, wo die Schotterstraße anfing. Es war selbstverständlich, daß Ken den Laster fuhr und Paul und ich schoben. Ich schob mit leerem Magen. Als ich das Gefühl hatte, daß mein Magen gleich schlappmachen würde, ging ich nach vorn an die linke Seite des Fahrerhäuschens und fragte: »Ken, wie wär's denn, deinen Bruder von der Matratze zu holen, damit er uns schieben hilft?«

Ken sagte zu mir: »Du weißt doch über Laster wirklich besser Bescheid. Du weißt, daß ich hinten Ballast brauche, sonst drehen die Räder nur durch und bringen uns nicht raus aus dem Matsch.«

Ich ging wieder nach hinten, und Paul und ich schoben den Ballast zum Ranchhaus. Das Schieben bergab war ebenso schwer wie das bergauf. Wir hätten genausogut im Osten von Montana sein und einen Halbtonner-Laster plus Ballast den Powder River hinauf schieben können, wo der Gumbo-Schlamm erfunden wurde.

Als wir Wolf Creek erreicht hatten, blieb Paul noch und half mir, den Laster abzuladen, der Übergewicht hatte, dank Schlamm und Wasser. Die Matratze luden wir zuletzt ab. Dann wollte ich ins Bett gehen, denn ich war völlig fertig, aber vielleicht war ich auch nur schwach vor Hunger, und Paul fuhr nach Helena. Auf dem Weg zu meinem Zimmer sah ich Neal und seine Mutter an der Haustür. Der Ballast hatte zwei rot-weiß-blaue Davis-Cup-Pullover angezogen. Er belog seine Mutter, die ihn erwischt hatte, bevor er sich aus dem Staub machen konnte. Er war in rosigster Verfassung. Ich kannte zwei Lebensmittelkisten, die sich freuen würden, ihn zu sehen.

Ich ging ins Bett und kämpfte gegen den Schlaf an, bis ich genügend von meinen geistigen Fähigkeiten zusammengekratzt hatte, um zu einer ziemlich offensichtlichen Schlußfolgerung zu gelangen und sie in einem Satz festzuhalten. »Wenn ich nicht für ein paar Tage aus dem Haus meiner Frau verschwinde, werde ich bald keine Frau mehr haben.« Also rief ich am nächsten Morgen meinen Bruder aus dem Lebensmittelladen an, wo niemand aus dem Haus mich hören konnte. Ich fragte ihn, ob er nicht schon ein paar Tage von seinem Sommerurlaub nehmen könne, denn ich müsse unbedingt eine Weile am Seeley Lake sein.

Seeley Lake ist der See, wo wir unsere Sommerhütte haben. Er ist nur siebzehn Meilen vom Blackfoot Canyon entfernt und nicht viel weiter vom Swan, einem Fluß, der an den Mission-Gletschern vorbeifließt und ebenso schön ist wie sein Name. Ich denke, mein Bruder spürte immer noch den gestrigen Regen über den Rücken laufen, als niemand Platz machte, um uns unter die Planen kriechen zu lassen, also begriff er, was mir durch den Kopf ging. Jedenfalls sagte er: »Ich frage den Boss.«

In jener Nacht stellte ich meiner Frau eine Frage – im Umgang mit ihr hatte ich eine bessere Chance,

Herr der Situation zu sein, wenn ich eine Frage stellte, als wenn ich eine Reihe von Aussagesätzen von mir gab. Also fragte ich meine Frau: »Meinst du nicht, daß es eine gute Idee wäre, wenn Paul und ich ein paar Tage am Seeley Lake verbrächten?« Sie durchschaute mich mit einem Blick und sagte: »Ja.«

Ich überlebte den nächstenTag und den darauffolgenden, als Paul und ich die kontinentale Wasserscheide überquerten und die Welt hinter uns ließen, wie ich jedenfalls meinte. Aber in dem Augenblick, als wir in den Pazifik zu treiben begannen, fing Paul an, mir von einem neuen Mädchen zu erzählen, das er aufgetan hatte. Ich hörte gespannt zu, sprungbereit für Schlußfolgerungen, die in alle möglichen Richtungen gingen.

Ich war wieder in der alten Lage. Vielleicht erzählte er mir da etwas, das mir nicht gefallen würde, das mir aber weniger mißfallen würde, wenn ich es als Literatur hörte – oder vielleicht verschwendete ich auch meine Zeit mit diesem Mißtrauen – vielleicht war er bloß mein Bruder und ein Reporter, der Nachrichten an mich weitergab, die zu persönlich oder poetisch waren, um publiziert zu werden.

»Sie ist irgendwie komisch«, sagte er, als klar war, daß wir den westlichen Abhang unseres Kontinents hinunter in die Pazifische Senke rollten. »Ja«, sagte er, als hätte ich mich dazu geäußert, »sie ist irgendwie komisch. Der einzige Ort, wo sie sich bumsen läßt, ist der Umkleideraum für Jungen in der Turnhalle der High School.«

Was er als nächstes sagte, hörte sich an, als wäre es die Antwort auf etwas, das ich gesagt hatte, und vielleicht war es auch so. »Oh, sie hat das alles ausbaldowert. Sie weiß, welches Fenster in der Jungentoilette nie geschlossen ist, und ich hebe sie hoch, und dann hilft sie mir mit der Hand rein.«

Den nächsten Satz gab er freiwillig von sich. »Sie läßt sich auf dem Massagetisch bumsen.«

Den Rest des Weges zum Seeley Lake versuchte ich herauszufinden, ob er mir sagte, daß er mit irgendeiner Dame in Schwierigkeiten steckte, oder ob er dafür sorgen wollte, daß ich den Horizont meines geistigen Lebens erweiterte, auch wenn ich abgehauen war und geheiratet hatte. Ich hörte nicht auf nachzudenken, bis ich feststellte, daß ich Hamamelis, Massagealkohol, heiße Heizkörper, auf denen feuchte Trainingsklamotten trockneten, und die Schränke der Jungen im Umkleideraum riechen konnte, die nicht vor Ende der Football-Saison ausgeräumt und gesäubert werden würden.

Ich dachte auch: »Es ist jetzt verdammt heiß. Das Fischen wird wohl nicht besonders gut sein. Die Fische werden ja alle auf dem Grund liegen.« Dann versuchte ich mir einen Fisch vorzustellen, der auf dem Rücken auf dem Massagetisch lag. Es war schwer, die Dinge im Fluß zu halten und sich nicht auf das Bild des Fisches zu konzentrieren, der dem Fischer durchs Toilettenfenster des Umkleideraums für Jungen hilft. Etwa in dem Augenblick fuhren wir in die großen Lärchen, wo unsere Hütte ist. Dort war es plötzlich kühl. Die Lärchen sind acht- bis zwölfhundert Jahre alt, und ihr Alter und ihre Höhe halten die Hitze ab. Wir gingen schwimmen, noch bevor wir den Wagen entluden.

Nachdem wir uns angezogen, aber bevor wir uns das Haar gekämmt hatten, brachten wir unsere Badehosen nach draußen und hängten sie auf eine Wäscheleine, die zwischen zwei Balsamtannen hing. Die Leine war so hoch gespannt, daß die Hirsche sich nicht mit ihren Geweihen darin verfangen konnten, und so stand ich auf den Zehenspitzen, um eine Wäscheklammer festzumachen, als ich hörte, wie ein Wagen von der Forstdienststraße ab- und in unsere Auffahrt einbog.

Mein Bruder sagte: »Sieh dich nicht um.«

Der Wagen kam angefahren und hielt direkt hinter meinem Rücken. Sein Motor schnaufte in der Hitze. Auch wenn er dicht an meinem Rücken schnaufte, sah ich mich doch nicht um. Dann fiel jemand aus der Vordertür des Wagens.

Als ich hinschaute, die Wäscheklammer noch in

der Hand, sah ich, daß ich mich mit dem Gedanken geirrt hatte, jemand sei aus der Vordertür des Wagens gefallen, denn er hatte gar keine Vordertür. Er hatte vorne jedoch Bodenbretter, und auf den Brettern standen eine Hills-Bros.-Kaffeedose, eine Flasche 3-7-77 und eine offene Flasche Erdbeerbrause. In Montana ist es uns egal, ob der Whiskey etwas taugt, wenn wir Erdbeerbrause zum Nachspülen kriegen können.

Als wäre die Szene geradewegs für einen Western geschaffen worden, war es zwölf Uhr mittags. Mein Schwager döste auf dem Fahrersitz, wie er es wahrscheinlich auf dem ganzen Weg von Wolf Creek hierher getan hatte.

Old Rawhide rappelte sich aus den Lärchennadeln auf, in die sie gefallen war, warf einen Blick in die Runde, um wieder die Orientierung zu finden, und kam dann direkt auf mich zu. Sie wäre glatt durch meinen Bruder hindurchgegangen, wenn er nicht widerwillig zur Seite getreten wäre.

»Freut mich, dich zu sehen«, sagte sie zu mir und wollte die Hand ergreifen, in der ich noch die Wäscheklammer hatte. Automatisch nahm ich die Wäscheklammer in die andere Hand, damit sie die Hand schütteln konnte, die sie ergreifen wollte.

Manchmal steht man vor einer Sache, die so groß ist, daß man nicht weiß, wie man sie begreifen soll –

soll man sich zuerst eine ungefähre Ahnung des Ganzen verschaffen und dann die Teile einfügen, oder soll man die Teile zusammenfügen, bis etwas sich selbst meldet und zu erkennen gibt. Ich brachte nur ein paar Teile zusammen, bis meine Stimme sich meldete: »Du wirst deinen Bruder nie davon überzeugen, daß du ihn nicht in diese Sache reingeritten hast.«

»Wie geht es dir überhaupt?« fragte sie. »Ich habe Buster mitgebracht, damit er mit euch fischen geht.«

Sie nannte Neal immer ›Buster‹. Sie hatte mit so vielen Männern geschlafen, daß das Problem, sich an ihre Namen zu erinnern, ihr den Kopf verwirrte. Inzwischen nannte sie alle Männer außer Black Jack, Long Bow und ihre beiden Rodeokünstler Buster, nur mich nicht – mich nannte sie einfach ›du‹. Sie konnte sich an mich erinnern, aber sie erinnerte sich nie daran, daß sie mich kennengelernt hatte.

»Buster hat kein Geld mehr«, sagte sie. »Er braucht deine Hilfe.«

Paul sagte zu mir: »Hilf ihm.«

Ich fragte: »Wieviel Geld braucht er?«

»Wir wollen euer Geld nicht«, sagte sie. »Wir wollen mit euch fischen gehen.«

Sie trank rosa Whiskey aus einem rosa Pappbecher. Ich ging zum Wagen und fragte das Fenster neben dem Fahrersitz: »Willst du fischen gehen?«

Es war klar, daß er einen Satz auswendig gelernt hatte für den Fall, daß er nicht mehr hören konnte. Er sagte: »Ich möchte gern mit dir und Paul fischen gehen.«

Ich sagte ihm: »Es ist zu heiß, um jetzt fischen zu gehen.« Immer noch wehte der Staub von der Schotterstraße durch den Wald auf unsere Einfahrt.

Er wiederholte: »Ich möchte gern mit dir und Paul fischen gehen.«

Paul sagte: »Geh'n wir.«

Ich sagte zu Paul: »Steigen wir alle in unseren Wagen, und ich werde fahren.«

Paul sagte: »Ich werde fahren«, und ich sagte: »Okay.«

Old Rawhide und Neal gefiel der Gedanke gar nicht, daß wir alle in unserem Wagen fahren sollten. Ich glaube, sie wollten allein sein, aber sie fürchteten sich inzwischen wohl allein zu sein oder hatten genug davon und wollten uns irgendwo in der Nähe haben, wenn auch nicht auf dem Vordersitz. Paul und ich stritten uns nicht. Er setzte sich hinters Steuer, ich setzte mich neben ihn, und sie murmelten vor sich hin. Schließlich ging sie daran, ihr Zeug auf unseren Rücksitz zu bringen – erst die rosa Brause und dann die rote Hills-Bros.-Kaffeedose.

Dabei erst, glaube ich, fiel mir auf, daß sie gar keine Angelrute bei sich hatten. Wenn es jemand anderer als Paul gewesen wäre, hätte ich ihn gebeten, noch eine Minute zu warten, und ich hätte nachgesehen, ob sie ihre Angeln in ihrem Auto gelassen hatten, aber für Paul war in der Welt der Barmherzigkeit kein Platz für Fischer, die ihre Ausrüstung zu Hause ließen. Er ging sanft mit mir um und bot ihnen rasch Hilfe an, würde sich auch nie mit Händen und Füßen dagegen wehren, sie um zwölf Uhr mittags zum Fischen mitnehmen zu müssen, wenn alle Fische auf dem Grund liegen; aber wenn sie sich nicht genügend aufs Fischen konzentrierten, um dann tatsächlich fischen zu können, wenn sie dort ankamen, so waren sie verdammt selbst dran schuld.

Sie lehnten sich aneinander an und schliefen ein. Ich war froh, nicht fahren zu müssen – zu viele Dinge lagen mir auf der Seele. So zum Beispiel die Frage, warum Frauen sich so leicht einwickeln lassen und alle einem Bastard wie ihm helfen wollen – mir aber nicht. Besonders lange lag mir die Frage auf der Seele, warum mir, wenn ich jemandem zu helfen versuchte, am Ende nie etwas anderes einfiel, als ihm Geld anzubieten oder ihn zum Fischen mitzunehmen.

Ein steiles Gefälle, und wir kamen hinaus aus den kühlen Kiefern mit der Seenkette und hinein in die glühende Ebene der Blanchard Flats. Paul fragte:

»In welche Richtung willst du, wenn wir an die Kreuzung mit der Blackfoot-Straße kommen?«

»Hoch«, sagte ich. »Im Canyon ist das Wasser zu rauh für sie zum Fischen. Fahren wir doch hoch zum Tor des Canyons, wo ein paar klasse Kolke sind, bevor der Fluß in die Felsen fließt.« Also verließen wir die Hauptstraße am oberen Ende der Ebene und holperten über Gletscherablagerungen, bis wir zu einer großen Gabelung des Flusses kamen, an dessen Ufern Ponderosakiefern standen, wo wir unseren Wagen im Schatten parken konnten.

Mitten im Fluß, wo er sich gabelte, war eine Sandbank. Wenn man sie watend erreichen konnte, hatte man einen vollkommenen Fleck zum Fischen. Große Fische auf beiden Seiten und keine gesunkenen Stämme oder große Baumwurzeln oder Felsen, die einem in die Quere kamen, wenn man die Fische landete – bloß Sand, über den man sie gleiten lassen konnte, so daß sie kaum bemerkten, daß sie auf dem Land lagen, bis sie nach Wasser rangen.

Obwohl ich in diesem Kolk schon oft gefischt hatte, ging ich doch hin, um ihn noch einmal in Augenschein zu nehmen, ehe ich meine Rute in Stellung brachte. Ich näherte mich ihm Schritt für Schritt wie ein Tier, auf das schon einmal geschossen worden ist. Ich war einmal mit der Rute in der Hand hinuntergerannt, wollte gleich mit dem ersten

Wurf einen Fisch erwischen, und hatte auch wirklich erst den ersten Wurf gemacht, als auf der anderen Seite ein Stück des Berges in den Fluß fiel. Ich hatte den Bären gar nicht gesehen, und er hatte mich offenbar auch nicht gesehen, bis er mich fluchen hörte, als ich nur langsam auf den ersten Biß reagierte. Ich wußte nicht einmal, was der Bär da getrieben hatte – fischen, schwimmen, trinken. Ich wußte nur eines, daß er einen Erdrutsch oben am Berg ausgelöst hatte.

Wer nie einen Bären über den Berg hat gehen sehen, hat auch nie gesehen, wie so ein Ereignis sich aufs Wesentliche reduziert. Hirsche sind natürlich schneller, aber nicht, wenn es geradewegs bergauf geht. Nicht einmal Wapitis haben diese Kraft in ihren Hinterläufen. Hirsche und Wapitis bewegen sich im Zickzack vorwärts und springen zurück und bleiben stehen und stellen sich in Positur, während sie in Wirklichkeit nur Atem holen wollen. Der Bär hebt von der Erde ab wie ein Blitz, der sich selbst einholt und einen Donnerschlag rückwärts ablaufen läßt.

Paul hatte seine Rute bereit, als ich zum Wagen zurückkehrte. Er fragte mich: »Kommt Neal jetzt mit seiner Freundin?« Ich guckte in den Wagen, wo sie beide noch auf dem Rücksitz schliefen, nur daß sie sich auf mein bloßes Gucken hin rührten, also vielleicht doch nicht schliefen. Ich sagte: »Neal, wach auf und sag uns, was du machen willst.« Ziemlich gegen seinen Willen unternahm er krampfhafte Anstrengungen aufzuwachen. Schließlich stieß er Old Rawhide von seiner Schulter runter und stieg steif aus dem Wagen, schon jetzt ein alter Mann. Er blickte über die Böschung und fragte: »Was ist mit dem Kolk da?« Ich antwortete ihm: »Der ist gut. Die nächsten vier oder fünf übrigens auch.«

»Kann man zu der Sandbank waten?« fragte er, und ich sagte ihm, gewöhnlich nicht, aber in der letzten Zeit sei es so heiß gewesen, daß der Wasserstand einen Fuß oder mehr gefallen sei, und da dürfte er keinerlei Schwierigkeiten haben.

»Genau das tu ich, hier bleib ich und hier fisch ich«, sagte Neal. Nie erwähnte er sie auch nur mit einem Wort. Abgesehen davon, daß er der Kunst verschworen war, Frauen zu ignorieren, wußte er auch, daß Paul und ich nicht der Meinung waren, daß sie überhaupt hier sein sollte, also mag er gedacht haben, wenn er sie nicht erwähnte, würden wir sie auch gar nicht bemerken.

Old Rawhide wachte auf und reichte Paul die Flasche 3-7-77. »Nimm einen Schluck«, sagte sie. Paul nahm ihre Hand und brachte sie an eine Stelle, so daß Neal der Schnaps angeboten wurde. Wie ich schon sagte, aus verschiedenen Gründen, zu denen auch mein Vater gehört, haben Paul und ich nie beim Fischen getrunken. Hinterher schon, ja, sobald wir unsere nassen Klamotten vom Leibe hatten und wir auf ihnen statt auf den Kiefernnadeln standen, griff einer von uns ins Handschuhfach des Wagens, wo wir immer eine Flasche liegen hatten.

Wer jetzt, was ich als nächstes erzählen möchte, für einen Widerspruch zum Vorhergehenden hält, wird sich vor Augen führen müssen, daß in Montana das Biertrinken nicht als Trinken gilt.

Paul öffnete den Kofferraum unseres Wagens und zählte acht Flaschen Bier ab. Er sagte zu Neal: »Vier für euch und vier für uns. Wir werden jeweils zwei davon für euch in jeden der nächsten beiden Kolke legen. Sie werden dafür sorgen, daß ihr die Hitze vergeßt.« Er sagte ihnen, wo wir die Flaschen versenken würden, und dann hätte er lieber noch einmal überlegen sollen, bevor er ihnen verriet, daß er unser Bier in den beiden darauffolgenden Kolken verstecken würde, wo wir bei unserem Rückweg aus den Felsenhängen unseren Fischzug beenden würden.

Was war das einst für eine schöne Welt. Zumindest ein Fluß darin war schön. Und er gehörte fast mir und meiner Familie und nur noch ein paar anderen, die kein Bier stahlen. Man konnte Bier zur Kühlung im Fluß lassen, und wenn man zurückkam, war es so

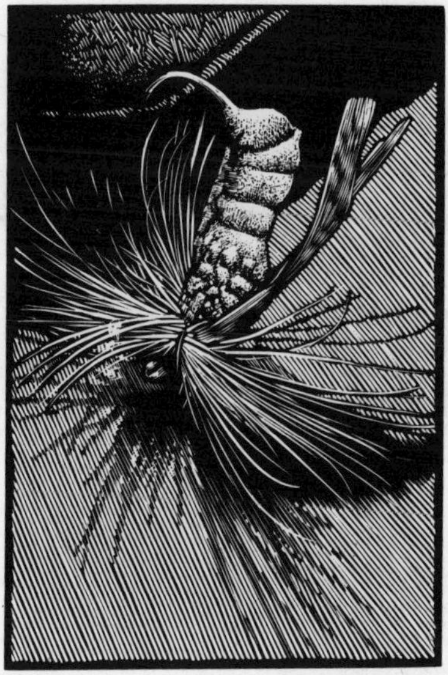

Grashüpfer

Kork-Korpus, aus optischen Gründen
bemalt mit Öl- oder Emaillefarben.
Funktioniert besser, wenn die Fliege
aufgerauht wird.

kalt, daß es nicht zu stark schäumte. Es war ein Bier, das im nächsten Ort hergestellt wurde, wenn er zehntausend Einwohner oder mehr hatte. Also war es entweder Kessler Bier aus Helena oder Highlander Bier aus Missoula, das wir zur Kühlung im Blackfoot River ließen. Was war das einst für eine wunderbare Welt, als noch nicht alles Bier in Milwaukee, Minneapolis oder St. Louis gebraut wurde.

Wir bedeckten die Bierflaschen mit Steinen, damit sie nicht weggespült würden. Dann gingen wir einen Angelwurf weiter flußabwärts. Es war so heiß, daß nicht einmal Paul in großer Eile war. Plötzlich unterbrach er die Lethargie. »Eines Tages«, sagte er, »wird Neal sich selbst auf die Spur kommen, und er wird nicht mehr nach Montana zurückkehren. Er kann Montana nicht leiden.«

Auf diese Bemerkung war ich nur dadurch vorbereitet, daß ich gesehen hatte, wie er Neals Gesicht beim Aufwachen studierte. Ich sagte: »Ich weiß, daß er nicht gerne fischt. Er erzählt den Frauen nur gerne, daß er gerne fischt. Das bewirkt etwas bei ihm und den Frauen. Und bei den Fischen auch«, fügte ich noch hinzu. »Es bewirkt, daß sich alle viel besser fühlen.«

Es war so heiß, daß wir haltmachten und uns auf einen Baumstamm setzten. Wenn wir schwiegen, konnten wir die Nadeln wie trockene Blätter fallen hören. Plötzlich waren die Nadeln nicht mehr zu hören. »Ich sollte Montana verlassen«, sagte er. »Ich sollte an die Westküste gehen.«

Daran hatte ich auch schon gedacht, aber ich fragte: »Warum?«

»Hier«, sagte er, »bin ich zuständig für die lokalen Sportereignisse, die privaten Vorkommnisse und den Polizeibericht. Ich habe überhaupt nichts zu tun. Hier werde ich überhaupt nie etwas zu tun haben.«

»Außer Fischen und Jagen«, warf ich ein.

»Und in Schwierigkeiten geraten«, ergänzte er.

Wieder sagte ich ihm: »Ich habe dir schon einmal gesagt, ich glaube, ich könnte dir irgendwie helfen, wenn du für eine große Zeitung arbeiten willst. Dann könntest du vielleicht deine eigenen Sachen schreiben – große Artikel oder eines Tages sogar deine eigene Kolumne.«

Es war so heiß, daß die Luftspiegelungen über dem Fluß ineinander verschmolzen. Es war schwer zu sagen, ob ich delphische Äußerungen gehört hatte. Er sagte: »Herrgott, ist das heiß. Geh'n wir zum Fluß, um uns abzukühlen.«

Er stand auf und nahm seine Rute in die Hand, und seine schöne, seidenumwickelte Rute schimmerte wie die Luft, die sie umgab. »Ich werde Montana nie verlassen«, sagte er. »Geh'n wir fischen.«

Als wir uns trennten, sagte er: »Und die Schwierigkeiten, die dazugehören, habe ich auch gern.« Also waren wir wieder da, wo wir angefangen hatten, und es war so heiß, daß das Fischen gar nicht gut sein konnte.

Und das war es auch nicht. Mitten in einer Hitzewelle kommt der Tod für fließendes Wasser um zwölf Uhr mittags. Man wirft immer wieder die Angel über ihm aus, und nichts steigt auf und kommt aus ihm heraus. Nicht einmal Frösche springen. Langsam meint man, das einzig Bewegliche zu sein. Kann sein, daß im Prozeß der Evolution alles Leben vom Wasser aufs trockene Festland gewandert ist, alle Wesen außer einem selber, und man ist unterwegs mit dem Teil von sich, der nicht im Wasser ist und der in der ungewohnten Luft verschmachtet und verdorrt. Wenn die Sonne vom Wasser auf einen zurückspringt und einen unter den Augenbrauen trifft, nützt einem nicht mal der Hut was.

Ich wußte, es würde schwer werden, bevor ich anfing, also wollte ich besonders gerissen sein. Ich fischte vor und hinter großen Felsbrocken, wo die Fische Schatten hatten und das Wasser ihnen Nahrung brachte, ohne daß sie sich dafür abrackern mußten. Ich konzentrierte mich auch auf das Wasser, das unter die Büsche schlich, wo die Fische im

Schatten liegen konnten und nur zu warten brauchten, daß die Insekten in den Ästen schlüpften und ihnen vors Maul fielen. Im Schattigen gab es nichts als Schatten.

Aufgrund der Annahme, daß, wenn eine Idee zu überhaupt nichts führt, dann das Gegenteil etwas bringen könnte, machte ich mit dem Schatten völlig Schluß und ging hinaus auf die offene Wiese, die von Grashüpfern nur so schwirrte. Jemand, der mit der Materie vertraut ist, hat keine Schwierigkeiten, sich mit der entgegengesetzten Idee anzufreunden. Ich sagte mir: »Es ist Sommer, und die Grashüpfer sind in der Sonne, und da werden auch die Fische sein.« Ich nahm eine Fliege mit einem Bauch aus Kork, die wie eine dieser großen, saftigen, gelben Grashüpfer aussah. Ich fischte dicht am Ufer, wo sogar große Fische darauf warten, daß Grashüpfer den einen Fehler begehen. Nachdem ich mit dem schwimmenden Kork-Grashüpfer gefischt hatte, nahm ich eine große Fliege mit einem gelben Wollkorpus, die Wasser aufsaugen und wie ein toter Grashüpfer versinken würde. Immer noch sprang nicht einmal ein Frosch.

Der Kopf gibt viel weniger leicht auf als der Körper, und so haben Fliegenfischer das entwickelt, was sie die ›Neugier-Theorie‹ nennen, die ungefähr das ist, was ihr Name besagt. Es ist die Theorie, daß Fische wie Menschen sich bisweilen in Dinge verbeißen, nur um herauszufinden, was diese Dinge ausmacht, und nicht, weil sie zum Fressen gut aussehen. Für die meisten Fliegenfischer ist das die ›Theorie zur letzten Zuflucht‹, und bisweilen funktioniert sie auch beinahe. Ich nahm eine Fliege, die George Croonenberghs für mich gebunden hatte, als er noch ein Junge war, Jahrzehnte, bevor er einer der besten Fliegenbinder des Westens wurde. Diese Fliege, gebunden in einem Augenblick jugendlicher Begeisterung, hatte ungefähr von allem etwas an sich, vom Hirschhaar bis zu Rebhuhnfedern.

Als ich einmal am oberen Blackfoot fischte, sah ich ein seltsames Etwas mit Hals und Kopf, das flußabwärts geschwemmt wurde, während es quer durch den Fluß zu schwimmen versuchte. Ich konnte nicht ausmachen, was es war, bis es an Land kam und sich schüttelte. Dann erkannte ich, daß es ein Rotluchs war, und für den Fall, daß jemand nicht weiß, wie ein nasser Rotluchs aussieht – er sieht aus wie ein kleiner nasser Wildkater. Während dieser naß war, war er ein mageres, mickriges kleines Ding, aber nachdem er wieder trocken und flauschig geworden war und die Gewißheit hatte, wieder ein Wildkater zu sein, drehte er sich um, blickte mich kurz an und fauchte.

Ich hoffe, mein alter Angelkumpel George Croonenberghs nimmt es mir nicht übel, wenn ich sage, daß seine im Wasser zappelnde Jugendkreation etwa so aussah wie der Rotluchs. Jedenfalls sah sie aus wie etwas Interessantes für einen Fisch.

Aus den leblosen und hoffnungslosen Tiefen tauchte Leben auf. Er kam so langsam, daß es schien, als würde mit ihm auch die Geschichte gemacht. Nach einer Weile nahm er eine Länge von zehn Zoll an. Er kam immer näher, aber nach einem bestimmten Punkt wurde er nicht mehr größer, also war das wohl seine Größe. In anscheinend sicherer Entfernung begann der Zehner Georges Rotluchs-Spezial zu umkreisen. Ich habe nie solch große ungläubige Augen in solch einem kleinen Fisch gesehen. Er behielt die Fliege immer im Auge und schien sich vom Wasser im Kreis um sie herum treiben zu lassen. Dann überließ er sich der Schwerkraft und sank langsam. Als er ungefähr zu einem Sechser geworden war, schaltete er um und wurde wieder zu einem Zehner, um Georges Fliege einer letzten Inspektion zu unterziehen. Auf halbem Wege des Kreises ließ er die Fliege aus dem Auge und sah mich und schoß außer Sichtweite. Dies ist zweifellos das einzige Mal, daß ein Fisch je ernsthaft Georges Jugendkreation studiert hat, obwohl ich sie aus gefühlsmäßigen Gründen immer noch bei mir trage.

Ich ließ die Neugier-Theorie sausen, legte mich auf den Bauch und trank Wasser aus dem Fluß und hatte danach noch viel mehr Durst. Ich mußte an das Bier denken und wollte schon Schluß machen mit dieser Zeitverschwendung. Ich hätte wohl auch tatsächlich Schluß gemacht und mich in den Schatten gesetzt, nur wollte ich nicht im Schatten sitzen, wenn mein Bruder mich fragte: »Wie viele hast du erwischt?« und ich antworten müßte: »Ich hab einen Schuh an Land gezogen.« Also sagte ich mir betend: »Ich werde es noch in einem weiteren Kolk versuchen.«

Ich bete nicht gerne, ohne daß mein Flehen erhört wird, und so ging ich eine lange Strecke die Böschung entlang und hielt Ausschau nach diesem letzten erflehten Kolk. Als ich ihn sah, habe ich erst gar nicht besonders aufmerksam hingeschaut, weil es gewöhnliches Wasser war, doch als ich einen zweiten Blick auf ihn warf, konnte ich sehen, daß die Fische dort überall sprangen. Fast im selben Augenblick roch ich etwas, und das roch schlecht. An einem heißen Tag roch es sehr schlecht. Ich wollte nicht noch näher heran, aber die bis vor kurzem nicht existierenden Fische sprangen direkt vor meiner Nase. Ich machte einen Bogen um den toten Biber auf halber Höhe der Böschung und kam ans Wasser. Ich wußte, hier war ich richtig.

Nachdem ich den toten Biber gesehen hatte, wußte ich, wieso die Fische sprangen. Selbst ein Wochenendangler mußte sehen, daß der tote Biber einen Bienenschwarm angezogen hatte, der tief über Land und Wasser flog. Als Fischer meines Kalibers wußte ich, daß ich die richtige Fliege hatte, die zu den Bienen paßte, und ich glaubte nicht, daß mein Bruder so eine hatte. Er hatte nicht viele Fliegen dabei – sie steckten alle in seinem Hutband, zwanzig oder fünfundzwanzig höchstens, aber es waren nur vier oder fünf, was die Arten betraf, da jede von ihnen in verschiedenen Größen vorhanden war. Sie waren das, was Fischer die ›Allgemeinen‹ nennen, jede eine Fliege, mit der ein geschickter Fischer sehr viele Insekten und dazu noch in verschiedenen Stadien, von der Larve bis zum geflügelten Tier, imitieren kann. Mein Bruder hatte über Fliegen so ziemlich die gleiche Ansicht, die mein Vater, der ein guter Zimmermann war, über Werkzeuge hatte – er war der Meinung, daß jeder als Zimmermann glänzen könne, wenn er nur genügend Werkzeuge hätte. Aber ich war als Fischer nicht gut genug, um die Werkzeuge verachten zu können. Ich hatte immer eine ganze Schachtel mit Fliegen dabei, die ›Allgemeinen‹ und auch, wie Fischer sie nennen, die ›Speziellen‹ – Fliegen, die eine ganz spezifische Brut imitieren, wie etwa fliegende Ameisen, Maifliegen,

Eintagsfliegen, Steinfliegen, Fichtenkäfer. Und Bienen.

Ich entnahm meiner Schachtel eine Fliege, die George Croonenberghs gebunden hatte, um eine Biene zu imitieren. Sie sah nicht gerade aus wie eine Biene. Wer sich aufmacht, ein Fliegenfischer zu werden, sollte sich besonders davor hüten, sich mit einem Fisch zu verwechseln und ›Vitrinenfliegen‹ zu kaufen – Fliegen, die in einer Ladenvitrine so aussehen wie das Insekt, nach dem sie benannt sind. George hatte in seinem Hinterhof ein Glasbassin, das er mit Wasser füllte. Dann legte er sich darunter und studierte das Insekt, das er nachahmen wollte, während es auf der Wasseroberfläche trieb, wo es wie kein Insekt sonstwo aussieht. Ich nahm Georges Biene, die nicht aussah wie eine Biene, und fing gleich drei im Handumdrehen. Sie hatten eine ganz schöne Länge, waren aber nicht gewaltig – vierzehn Zoll oder so. So war ich doch dankbar, mir den Schuh nicht anziehen zu müssen.

Irgendwie fällt es einem schwer, mit einer ungeraden Anzahl von Fischen aufzuhören, deshalb wollte ich noch einen, um die Vier vollzumachen, aber ich mußte schwer arbeiten, um ihn zu kriegen. Als ich es endlich geschafft hatte, war es ein kleiner Fisch, und ich wußte, er war der letzte und daß alle übrigen Georges Biene auf die Schliche gekommen waren. Die Hitze des Nachmittags wurde immer größer und der tote Biber das Gegenteil; er stank immer stärker, also stieg ich die Böschung hinauf und ging in den Wind bis zur nächsten Biegung, wo ich mich setzen und flußabwärts nach Paul Ausschau halten konnte. Jetzt konnte er mich fragen, und ich würde mich nicht mehr schämen, im Schatten sitzend erwischt zu werden.

Ich saß dort im heißen Nachmittag und versuchte, den Biber zu vergessen und an das Bier zu denken. Während ich versuchte, den Biber zu vergessen, versuchte ich auch, meinen Schwager und Old Rawhide zu vergessen. Ich wußte, ich mußte hier lange Zeit sitzen und vergessen, weil mein Bruder nie mit nur drei oder vier Fischen aufhören würde, wie ich es getan hatte, und selbst er würde sich anstrengen müssen, mehr zu fangen. Ich saß und vergaß, vergaß, bis das, was verblieb, der Fluß war, der vorüberzog, und ich, der zuschaute. Auf dem Fluß tanzten die Trugbilder der Hitze miteinander, und dann tanzten sie durcheinander hindurch, und dann nahmen sie sich bei den Händen und tanzten umeinander herum. Schließlich schloß sich der Zuschauer dem Fluß an, und dann war nur noch einer von uns beiden da. Ich glaube, es war der Fluß.

Selbst die Anatomie eines Flusses enthüllte sich.

Nicht weit flußabwärts gab es ein trockenes Bett, durch das der Fluß einst seinen Lauf genommen hatte, und ein Teil des Weges, Dinge kennenzulernen, führt über deren Tod. Aber ich hatte den Fluß vor Jahren gekannt, als er durch dieses nun trockene Bett geflossen war, und so konnte ich seine steinernen Überreste beleben mit den Wassern der Erinnerung.

Im Tod hatte er seine Ordnung, und nur das können auch wir erhoffen. Seine Grundform war die bevorzugte Serpentinenlinie des Künstlers, ins Tal eingezeichnet von meinem Berg bis zu dem letzten Berg, den ich auf der anderen Seite sehen konnte. Aber in sich selbst bestand er aus scharfen Winkeln. Er verlief eine Weile anscheinend gerade, bog abrupt ab, verlief dann wieder glatt, traf auf ein weiteres Hindernis, mußte wieder abrupt abbiegen und verlief wieder glatt. Gerade Linien, die nicht ganz gerade sein konnten, und Winkel, die keine exakt rechten Winkel gewesen sein konnten, wurden zum schönsten Strich eines Künstlers und schwangen sich von hier durchs Tal bis zu dem Punkt, wo der Fluß nicht mehr zu sehen war.

Ich wurde zum Fluß auch dadurch, daß ich wußte, wie er entstanden war. Der Big Blackfoot ist ein Fluß der letzten Eiszeit, der rasch fließt und fällt. Er ist eine einzige gerade Stromschnelle, bis er auf große Felsen oder große Bäume mit großen Wurzeln stößt. Das ist die Biegung, die keinen exakt rechten Winkel bildet. Dann wird er zum Strudel und gewinnt an Tiefe zwischen den großen Felsen und fließt wirbelnd durch sie zurück, dort, wo große Fische leben unter dem Schaum. Während er langsamer wird, fallen der Sand und die kleinen Steine aus, die er oben in der Stromschnelle mitgerissen hat, und lagern sich ab, und das Wasser wird seicht und ruhig. Nachdem er alles abgelagert hat, strömt er wieder schneller weiter.

An einem heißen Nachmittag kann der Geist auch Fische erschaffen, und entsprechend der Art und Weise, wie er gerade den Fluß gemacht hat, kann er sie auch ansiedeln. Er wird die Fische die meiste Zeit im ›tiefen Blau‹ der Biegung verweilen lassen, wo sie im Schutz der großen Felsen liegen können, um sich einen schönen Tag zu machen und sich ihre Nahrung von den großen Wassern servieren zu lassen. Von dort können sie in die Stromschnelle oberhalb gelangen, wenn sie richtigen Hunger haben, oder es September ist und kühl, aber es ist ein schweres Stück Arbeit, die ganze Zeit in einem solch schnellen Wasser zu leben. Der ordnende Geist kann die Fische auch ins ruhige Wasser leiten, am Abend, wenn Gnitzen und kleine Motten ins Offene kommen. Hier sollte dem Fischer gesagt sein, seine kleinen Trockenfliegen zu benutzen und sie zu wachsen, damit sie auch schwimmen. Er sollte außerdem davon Kenntnis haben, daß in stillem abendlichen Wasser alles vollkommen sein muß, da nämlich, ist das blendende Sonnenlicht verschwunden, die Fische alles sehen können, so daß sogar nur ein paar Haare zuviel am Schwanz einer Fliege entscheidend sein können. Der Geist kann all diese Anordnungen treffen, aber natürlich richten sich die Fische nicht immer danach.

Fischer denken auch, daß bei der Erschaffung des Flusses ein wenig an sie gedacht worden sein muß, und sie reden von ihm, als wäre es so gewesen. Sie sprechen von den drei Teilen als von einer Einheit und nennen sie einen ›Kolk‹ oder eine ›Gumpe‹, und die Stromschnelle nennen sie ›den Kopf des Kolks‹, und die große Biegung nennen sie ›das tiefe Blau‹ oder den ›Teich‹, und das ruhige seichte Wasser unterhalb nennen sie ›den Schwanz des Kolks‹, und sie meinen, es sei deshalb seicht und ruhig, damit sie an einer Stelle hindurchwaten und es auf ›der anderen Seite versuchen‹ können.

Während vor mir über dem Fluß die Trugbilder der Hitze miteinander tanzten und sich tanzend durchdrangen, spürte ich, wie Muster meines eigenen Lebens sich mit ihnen verbanden. Es war hier, während ich auf meinen Bruder wartete, daß ich diese Geschichte begonnen habe, obwohl ich, selbstverständlich, damals nicht wußte, daß Lebensgeschichten oft mehr Flüssen als Büchern gleichen. Aber ich wußte, es hatte eine Geschichte begonnen, vielleicht schon vor langer Zeit in der Nähe von rauschendem Wasser. Und ich spürte, ich würde einst auf etwas treffen, das sich nie abtragen ließe, so daß es eine scharfe Kurve, tiefe Wirbel, Ablagerungen und Ruhe geben würde.

Der Fischer hat sogar einen Ausdruck, um zu beschreiben, was er tut, wenn er die Formen eines Flusses studiert. Er sagt, er ›liest das Wasser‹, und vielleicht muß er, um seine Geschichten zu erzählen, weitgehend das gleiche tun. Dann ist es eins seiner größten Probleme zu ahnen, wo und zu welcher Tageszeit das Leben sich ihm darbietet, um als Witz genommen zu werden. Und zu erahnen, ob es ein kleiner oder ein großer Witz sein wird.

Doch für uns alle ist es viel leichter, die Wasser der Tragödie zu lesen.

»Hast du was erreicht?« Die Stimme und die Frage ließen ahnen, daß ich, wenn ich aufwachte und mich umblickte, meinen Bruder sehen würde. Die Ahnung wurde zur Gewißheit, als die Stimme fragte: »Was zum Teufel machst du hier?«

»Och, ich mach' mir nur meine Gedanken«, antwortete ich, wie wir alle antworten, wenn wir nicht wissen, was wir gerade machen.

Er sagte, es sei zu heiß zum Fischen, aber er habe gefischt, bis er einen »ziemlichen Haufen« gefangen habe, was zehn oder zwölf Exemplare von bloß mittlerer Größe hieß. »Hauen wir ab und holen uns das Bier«, sagte er. Er hatte kaum »Bier« gesagt, da fiel mir wieder alles andere ein – das Bier, der Biber und der Schwager samt seiner Angelkumpanin.

»Gott, holen wir uns das Bier«, sagte ich.

Paul ließ unentwegt einen Flaschenöffner um seinen kleinen Finger kreisen. Wir waren so ausgedorrt, daß wir in den Ohren spürten, wie wir zu schlucken versuchten. In unseren Reden wiederholten wir nur den lyrischen Refrain des Fischers im Sommer: »Eine Flasche Bier wäre mir jetzt ganz recht.«

Es gab einen Wildpfad, der von der Böschung zu der Stelle am Fluß führte, wo wir das Bier für uns deponiert hatten, und den gingen wir mit steifen Knien. Paul ging voran, und als er unten angekommen war, schlackerte er mit den Beinen und lief in den Fluß. Wir hatten das Bier im fließenden Wasser versenkt, um es zu kühlen, aber nicht dort, wo das Wasser so rasch war, daß es das Bier flußabwärts spülen würde.

»Ich kann es nicht sehen«, sagte er, während er

mit den Füßen tastete. »Ach«, sagte ich, »du hast bloß nicht die richtige Stelle gefunden. Es muß dasein.« Und ich watete hinaus, um es für ihn zu finden, während ich auch schon meine Zweifel hatte, es finden zu können.

Er sagte: »Es hat keinen Sinn, daß wir uns noch weiter umsehen. Da haben wir es versenkt.« Er zeigte auf die Löcher im Lehmgrund, wo wir Felsbrocken herausgezogen hatten, um die Flaschen zu beschweren. Ich tastete mit der Spitze meiner Watstiefel eins der Löcher ab, als ob eine Flasche Bier in einem Loch von der Größe eines kleinen Felsens meiner Aufmerksamkeit hätte entgehen können. Er machte das gleiche. Es versteckten sich keine Bierflaschen in Löchern, die zu klein waren, als daß eine Flasche hätte hineinkriechen können.

Wir hatten uns unseren Durst schon lange aufgehoben. Jetzt, bis zu den Knien im Wasser bei den Löchern im Lehmgrund, tranken wir mit hohlen Händen aus dem Fluß. Zwischen uns und dem Wagen waren noch drei weitere Kolke, wo wir das Bier vergraben hatten, aber wir hatten die Hoffnung auf Bier fast aufgegeben.

Paul sagte: »Alles in allem haben wir acht Flaschen Bier in vier Kolken vergraben. Meinst du, sie könnten acht Flaschen Bier getrunken haben, außer dem restlichen 3-7-77?«

HILLS BROS.
COFFEE

Die Würmerdose

Er war sehr freundlich, aus Rücksicht auf mich und meine Frau und meine Schwiegermutter. Doch dem, was er dachte, konnte ich nichts entgegensetzen, denn obwohl wir auf dem Pfad zurückgegangen waren, hatten wir den Fluß immer im Blick, und keiner von uns beiden hatte einen Fischer gesehen. Wer sonst hätte es genommen haben können?

Ich sagte: »Paul, es tut mir leid. Ich wünschte, ich wüßte, wie ich mir diesen Kerl hätte vom Leibe halten können.«

»Konntest du nicht«, sagte er.

Plötzlich taten wir etwas, das mir eine Zeitlang seltsam vorgekommen ist, da wir doch auch ohne nervöses Suchen wußten, daß alles Bier weg war, und da wir auch ohne Beweise wußten, wer es an und zu sich genommen hatte. Wir machten plötzlich kehrt und stürzten aus dem Wasser mit Gebrüll, wie zwei Tiere, die am Ende einer Furt durch den Fluß angelangt sind, wo das Wasser seichter wird, und dann große Sprünge machen und damit Wellen auslösen, die noch immer ans Ufer rollen, nachdem die Tiere es längst erreicht haben. Später war für mich leicht zu erkennen, daß unsere Freundlichkeit für uns untereinander galt und das Gebrüll und die Sprünge ans Ufer jenen galten, die uns unser Bier genommen hatten.

Die Steine klapperten und sprangen uns aus dem

Weg, während wir am Ufer entlanggingen. In jedem der nächsten drei Kolke spielten wir die rituelle Szene, in die Leere zu starren, die beiseite gerollte Steine hinterlassen.

Wir kamen dann an die Stelle, von der wir in der Ferne unseren Wagen auf der Böschung sehen konnten, unterhalb welcher der Fluß sich an einer Sandbank mittendrin gabelte.

Niemand hatte den Wagen in den Schatten gefahren. Ich spürte geradezu, wie heiß es sein würde, wenn wir gegen einen Kotflügel stießen, während wir unsere nassen Klamotten auszogen.

Ich sagte: »Ich sehe sie nicht.«

»Ich auch nicht«, sagte Paul.

»Sie können doch nicht im Wagen sein«, sagte ich. Er ergänzte: »In dieser Hitze würde heute jeder Hund im Wagen krepieren.«

Da ich es eilig hatte und ich die Augen nach ihnen offenhielt, hatte ich keine Augen für meinen Weg und stolperte über einen Stein und landete auf dem Ellenbogen, den ich ausgestreckt hatte, um nicht auf meine Angelrute zu fallen. Ich pulte mir den Grus aus meiner tiefen Schramme, als Paul sagte: »Was ist da auf der Sandbank?« Während ich immer noch versuchte, mir die blauschwarzen Körnchen aus der Wunde zu pulen, sagte ich: »Vielleicht ist das der Bär.«

»Welcher Bär?« fragte er.

»Der Bär, der über den Berg kam«, erklärte ich ihm. »Da kommt er immer den Berg runter, um zu trinken.«

»Das ist kein Bär«, sagte er.

Ich betrachtete mir die Sandbank genau. »Vielleicht ist es so: zwei Bären«, war mein Vorschlag.

»Zwei ist richtig«, sagte er, »aber Bären ist es nicht.«

»Warum sagst du immer ›es‹, wenn es zwei sind?« fragte ich ihn.

»Es ist nichts mit Bären«, sagte er. »Es ist rot.«

»Warte bis du siehst, wie es den Berg hoch geht«, erklärte ich ihm. »Dann wirst du sehen, es ist doch was mit Bären. Bären gehen einen Berg auf geradem Wege hoch.«

Wir gingen jetzt sehr langsam, als wären wir bereit, gleich in die Büsche zu springen, falls es sich plötzlich bewegte.

»Es ist rot«, sagte er, »und es ist das, was unser Bier getrunken hat.«

Ich redete auf ihn ein: »Es ist nicht einmal menschlich. Es ist rot, wie du sagst.«

Unterdessen hatten wir voll Unbehagen haltgemacht, wie Tiere, die sich einem Wasserloch nähern und etwas in dem Wasser sehen, wo sie trinken wollen. Wir haben nicht geschnaubt und nicht gescharrt, aber wir haben gespürt, wie es sein würde zu schnauben und zu scharren. Wir hatten keine Wahl als weiterzugehen.

Wir gingen immer weiter, bis wir Bescheid wußten, es aber nicht glauben konnten. »Bloß ein Bär, Quatsch«, sagte Paul. »Es ist ein bloßer Arsch.«

»Zwei bloße Ärsche«, sagte ich.

»Das habe ich doch gemeint«, sagte er. »Es ist zwei bloße Ärsche. Beide sind rot.«

Wir blieben bei unserem Unglauben, nachdem wir längst die Gewißheit hatten. »Ich will ein Hurensohn sein«, sagte Paul. »Ich auch«, sagte ich zur Bestätigung.

Kein Mensch hat wirklich einen Arsch gesehen, bevor er nicht zwei sonnenverbrannte Ärsche auf einer Sandbank mitten in einem Fluß gesehen hat. Fast der ganze restliche Körper scheint sich verflüchtigt zu haben. Der Körper ist ein langer roter Arsch, auf dem gleich Brandblasen sprießen werden, mit Haaren als Kopf an dem einen Ende und mit Füßen, befestigt am anderen Ende, als Beine. Und wenn es Nacht ist, kommt das Fieber über ihn.

So hat es damals ausgesehen, aber wenn ich es jetzt betrachte, gehört es in eine pastorale Welt, in der man sich ausziehen, ein Weib mitten im Fluß bumsen und sich dann auf den Bauch legen konnte, um ein paar Stunden zu schlafen.

Wollte man etwas Derartiges heutzutage am Blackfoot River versuchen, stünde die halbe Stadt Great Falls am Ufer und wartete darauf, einem im Augenblick des Einschlafens die Klamotten zu klauen. Vielleicht auch früher.

»He«, brüllte Paul mit den Händen am Mund. Dann ließ er mit je einem Finger von jeder Hand einen schrillen Pfiff los.

»Meinst du, es fehlt ihnen was?« fragte er mich. »Du hast doch jeden Sommer beim Forstdienst in der Sonne gearbeitet.«

»Tja«, antwortete ich ihm, »ich habe noch nie gehört, daß einer am Sonnenbrand gestorben ist, aber so gewiß wie die Hölle werden sie ein paar Wochen keine wollne Unterwäsche anziehen können.«

»Bringen wir sie zum Wagen«, sagte er. Wir nahmen unsere Körbe ab und stellten unsere Angelruten an einen Baumstamm, damit sie zu sehen waren und niemand auf sie treten würde.

Wir waren fast bis zur Sandbank gewatet, als Paul stehenblieb und mich mit dem Arm zurückhielt. »Einen Augenblick nur«, sagte er. »Ich möchte mir das noch einmal ansehen, damit ich mich immer daran erinnere.«

Wir standen eine Minute dort und stachen ein Bild in die leeren Platten unseres Geistes, wenn von ihnen auch nur wenig übriggeblieben war. Es war ein Farbstich. Im Vordergrund des Stichs war eine rote Hills-Bros.-Kaffeedose, dann kamen rote, empfindlich gereizte Fußsohlen mit den Zehen nach unten, zwei rote Ärsche, die unter dem Sonnensystem brutzelten, und im Hintergrund war ein Haufen Klamotten mit roten Schlüpfern oben drauf. An der Seite die Flasche mit dem Rest 3-7-77, glühend heiß bei bloßer Berührung. Es war weit und breit weder eine Angelrute noch ein Fischkorb in Sicht.

Paul sagte: »Möge er sich dreimal den Tripper geholt haben, und möge er geheilt werden von allen bis auf den ersten.«

Nie wieder habe ich eine Angel ausgeworfen in diesem Kolk, den ich mit der Zeit als eine heilige Freistatt für Rotwild zu betrachten lernte.

Wir wateten den Rest des Weges zur Sandbank ohne zu platschen, aus Furcht, sie aufzuwecken. Ich denke, wir dachten: »Wenn sie aufwachen, häuten sie sich gleich.« Ich weiß, was ich dachte. Ich hatte mehrere Sommer Ende August im Klapperschlangengebiet gearbeitet, und ich dachte, wenn sie aufwachen und merken, wie heiß es ist, werden sie ihre Haut abwerfen und eine Weile blind sein und auf alles zuschießen, was sie hören. Ich kann mich erinnern, immer wieder gedacht zu haben, sie werden sehr gefährlich sein, wenn sie aufwachen, also ging ich vorsichtig in großem Bogen und sicherer Entfernung um sie herum.

Als wir näher an sie herankamen, erwuchsen ihrer Anatomie Körperteile, die vom Ufer aus nicht zu erkennen gewesen waren. Zwischen ihren Ärschen und Füßen erwuchsen ihnen Beine, und zwischen ihren Ärschen und ihrem Haar erwuchsen ihnen Rücken und Nacken, vor allem Nacken. Das Rot reichte ihnen bis ins Haar, das lockig war. Es war schwer zu sagen, ob ihr Haar von Natur aus lockig war oder ob es sich in der Sonne gekräuselt hatte. Jedes Haar war einzigartig und hätte von einem heißen Brenneisen gedreht worden sein können.

Paul war zu ihnen gegangen, um zu sehen, was in der Flasche 3-7-77 übrig war, aber ich blieb stehen, um die Anatomie zu studieren. Jedes Haar war an der Wurzel entzündet, aber ich wich nicht davor zurück, um Paul davon zu erzählen. Ich war so sehr in meine Studien vertieft, daß ich zurückwich, bis ich mit ihm zusammenstieß.

»Sie hat eine Tätowierung auf dem Arsch«, berichtete ich ihm.

»Mach keinen Witz«, sagte er.

Er umkreiste sie, als wollte er der Witterung von Großwild aus dem Wege gehen, bevor er sich heranpirschte. Dann wich er zurück und vollendete den Kreis zu mir zurück.

»Wie lauten die Initialen ihrer Cowboys?« fragte er. »B. I. und B. L.«, antwortete ich ihm.

Er sagte: »Bist du dir sicher?«

Ich sagte: »Sicher bin ich mir sicher.«

»Tja«, sagte er, »aber die passen nicht, denn sie hat LO auf der einen und VE auf der anderen Arschbacke tätowiert.«

Ich erklärte ihm das. »LO-VE ergibt Liebe mit einem Dienststreifen dazwischen.«

»Gott verdammich«, sagte er und wich zurück, ging im Kreis herum und studierte die Lage von neuem.

Sie sprang auf wie ein Klappmesser. Sie war rot, weiß und blau. Sie war weiß, wo sie auf dem Bauch im Sand gelegen hatte, und ihr Rücken machte die patriotische Farbenfolge komplett – rot bis ins Haar, nur nicht da, wo die blauschwarze Tätowierung war. Jemand hätte mit ihr eine Runde drehen und »Stars and Stripes Forever« spielen sollen.

Sie blickte wild um sich, um sich zu orientieren, und dann stürzte sie sich auf den Haufen Klamotten und zog sich ihre roten Schlüpfer an. Als sie die Gewißheit hatte, daß keiner ohne zu zahlen auf den Teil schauen konnte, von dem sie lebte, beruhigte sie sich. Sie zog sich nicht weiter an, sondern kam zurückgeschlendert, warf einen Blick auf mich und sagte: »Ach, du bist das.«

Georges Rotluchs-Spezial

Diese Fliege war ein Prototyp, der versagt hat.
Besteht aus orange-bemaltem Kork
mit zehn grau-und-rötlich-braunen Hechel-
spitzen, die am Kopf in Fächerform
gebunden sind – sieht eher aus
wie ein Federwisch.
Eine schwimmende Lachsfliege
in mißlicher Lage.

Dann guckte sie uns beide an und sagte: »Na, wonach steht euch der Sinn, Jungs?« Sie war empfangsbereit für Herrengesellschaft.

Ich sagte: »Wir sind hergekommen, um Neal zu holen.«

Sie war enttäuscht. »Ach so«, sagte sie, »du meinst Buster.«

Ich sagte: »Ich meine ihn«, und als ich auf ihn zeigte, stöhnte er. Ich glaube, er wollte nicht aufwachen, um seinen Katzenjammer und seinen Sonnenbrand nicht mitzubekommen. Er stöhnte wieder und versank noch tiefer im Sand. Ihr weißer Bauch war mit Sand paniert und runzlig an den Stellen, wo ihre Haut sich gefaltet hatte, als sie auf dem Bauch lag. Ihr rieselte Sand aus dem Nabel.

Paul sagte: »Zieh dich an und hilf uns mit ihm.« Sie sah entrüstet aus. Sie sagte: »Ich kann für ihn sorgen.« Paul sagte: »Das hast du schon.«

Sie sagte: »Er ist mein Mann. Ich kann für ihn sorgen. Die Sonne macht mir nichts aus.« Und ich nehme an, sie hatte recht – denn unter der Sonne macht die Fischerhure ihr Geld.

Paul sagte: »Zieh dich an, oder ich geb' dir einen Tritt in den Arsch.« Sie und ich wußten beide, daß er es meinte.

Paul ging zum Klamottenhaufen und klaubte Neals Sachen aus ihren heraus. Sie lagen so auf dem

Haufen, wie sie ausgezogen worden waren. Deshalb lagen ihre roten Schlüpfer oben auf dem Haufen und ihr Gürtel ganz unten.

Ich sagte zu Paul: »Das ist zwar gut, was du da machst, aber wir können ihm keine Sachen anziehen. Ich glaube nicht, daß er sie auf der Haut erträgt.«

»Dann bringen wir ihn eben nackt nach Haus«, sagte Paul.

Als Neal das Wort ›Haus‹ hörte, richtete er sich so plötzlich auf, daß der Sand in Strömen von ihm herabrieselte.

»Ich will nicht nach Haus«, sagte er.

»Wo willst du denn hin, Neal?« fragte ich.

»Weiß ich nicht«, sagte er, »aber ich will nicht nach Haus.«

Ich erklärte ihm: »Da sind drei Frauen zu Haus, die wissen, wie man dich versorgen muß.«

»Ich will keine drei Frauen sehen«, erwiderte er, und es rieselte noch mehr Sand von ihm.

Old Rawhide hatte sich ihre Sachen unter einen Arm geklemmt. Ich bückte mich nach Neals Sachen und klemmte sie ihm unter den Arm. »Hier«, sagte ich und nahm seinen anderen Arm, »ich helfe dir, ans Ufer zu waten.«

Er zuckte schmerzerfüllt zurück. »Faß mich nicht an«, sagte er. Zu Old Rawhide sagte er: »Du trägst meine Sachen. Es tut weh, wenn ich sie anfasse.«

»Nimm du sie«, sagte sie zu mir, und ich gehorchte, und sie nahm Neal bei dem Arm, den er meinem Griff entzogen hatte, und führte ihn zum Wasser. Als sie schon darin standen, drehte sie sich um und sagte zu mir: »Er ist mein Mann.« Sie war eine starke Frau und sehr zäh. Der Blackfoot ist ein großer Fluß und schwer zu durchwaten. Der Mann hätte es nicht geschafft ohne die Kraft in ihren Beinen.

Als sie schon weit im Wasser waren, drehte Paul sich um und nahm sich, was in der Flasche 3-7-77 noch übrig war. Nachdem Old Rawhide Neal durch den Fluß gebracht hatte, ließ sie ihn stehen, ließ ihn selbst den Weg durch die Felsen auf seinen gereizten Fußsohlen finden und watete zurück zur Sandbank. Ihre Fußsohlen waren ebenfalls gereizt, aber sie watete zurück zur Sandbank, um die Hills-Bros.-Kaffeedose zu holen.

Ich empfing sie am Ufer, als sie zurückkam.

»Was ist so toll an der Kaffeedose?« fragte ich sie.

»Weiß ich nicht«, sagte sie. »Aber Buster hat sie immer gerne bei sich.«

Auf dem Rücksitz des Wagens lag eine leichte Decke, die wir bei Picknicks immer auf dem Boden ausbreiteten. Tannennadeln waren darin hängengeblieben. Wir setzten Neal und Old Rawhide auf den Rücksitz und warfen die leichte Decke über sie – wahrscheinlich aus mehreren Gründen. Wahrscheinlich, um sie vor weiteren Verbrennungen, vor allem durch den Wind, zu schützen, und wahrscheinlich auch, damit die Staatspolizei uns nicht wegen unschicklicher Enthüllung verhaften würde. Aber kaum hatte die Decke ihre Schultern berührt, wanden sie sich, bis sie von ihnen abfiel. So fuhren wir nach Wolf Creek: nackt den Elementen und der Polizei ausgesetzt.

Neal setzte sich nicht einmal gerade hin, aber er murmelte von Zeit zu Zeit: »Ich will keine drei Frauen sehen.« Jedesmal, wenn er das murmelte, setzte sich Old Rawhide gerade hin und sagte: »Keine Angst. Ich bin deine Frau. Ich sorge für dich.« Ich fuhr. Jedesmal, wenn er das murmelte, krallte ich mich am Steuer fest. Ich wollte auch keine drei Frauen sehen.

Die meiste Zeit der Fahrt redeten Paul und ich weder miteinander noch mit den beiden. Wir ließen den einen einfach durch seine Achselhöhle murmeln und die andere gerade hochschnellen und dann in den Kleiderhaufen zurücksinken. Aber als wir uns Wolf Creek näherten, spürte ich doch, wie Paul sich in Gedanken mit einer Planungsänderung trug. Langsam verlagerte er seinen Körper, bis er auf den Rücksitz reichen konnte. Wieder kam ein Murmeln: »Ich will nicht nach Haus.« Paul packte den Arm, der zu der Achselhöhle gehörte, und riß ihn hoch. Der Arm wurde weiß, obgleich er doch sonnenverbrannt war. »Du bist fast zu Haus«, sagte Paul. »Du kannst nirgendwo anders hin.« Es kam kein Murmeln mehr. Paul ließ den Arm nicht los.

Die Hure blieb hart, und sie geriet mit Paul in einen heftigen Streit. Paul war es gewohnt, mit harten Frauen zu reden, und sie war harte Reden gewohnt. Der Streit drehte sich darum, ob wir sie rauswerfen sollten, sobald wir den Ort erreicht hatten, oder ob sie bleiben sollte, um Buster zu versorgen. Das hauptsächlich Gesagte ging so: »Gott verdamm dich, das tu ich« und »Gott verdamm dich, das tust du nicht.« Im Zuge des Streits sagte er zu mir: »Wenn du den Ort erreichst, hältst du am Blockhaus-Tanzschuppen.«

Der Blockhaus-Tanzschuppen war das erste Gebäude am Ortsrand. Er eignete sich gut für Schlägereien, und davon hatte es dort jede Menge gegeben, besonders an Samstagabenden – jedesmal, wenn irgendein Besoffener aus Wolf Creek mit dem Mädchen irgendeines Besoffenen tanzen wollte, der aus dem Bezirk Dearborn gekommen war.

An den Flüchen ließ sich nicht erkennen, wer den Streit gewann, aber sowie wir in Ortsnähe kamen, griff sie in den Kleiderhaufen und zog sich etwas davon über. Flußlauf und Straße machen eine Kurve, kurz bevor man den Tanzschuppen erreicht. Als sie die Kurve sah, wurde ihr klar, daß sie bis zu dem Zeitpunkt, wenn wir den Tanzschuppen erreichten, nicht alle Sachen angezogen haben würde, und so durchwühlte sie den Haufen und grabschte sich den Rest, der ihr gehörte.

Gerade als ich den Wagen anhielt, grabschte sie wie wild in den Haufen, öffnete die Wagentür und sprang hinaus. Sie hatte auf der anderen Seite von Paul gesessen und muß gemeint haben, daß ihr das einen genügend großen Vorsprung geben würde. Sie ließ die hintere Tür in den Angeln schwingen und hielt ihre Sachen sehr fest im Arm. Oben auf den Sachen in ihrem Arm lag Neals Unterhose, die sie sich entweder zufällig oder als Andenken mitgenommen hatte. Sie grunzte noch einmal, während sie ihre Habseligkeiten noch fester umschlang, wie ein Packer, der einen doppelten Kreuzknoten schlingt, nur um sicher zu gehen, daß die ganze Ladung auf der bevorstehenden stürmischen Reise auch zusam menhält.

Dann sagte sie zu meinem Bruder: »Du stinkender Bastard.«

Paul kam aus dem Wagen, als ob die Karosserie abgefallen wäre, und setzte ihr nach.

Ich glaube, ich weiß, wie ihm zumute war. So sehr er sie auch haßte, hatte er doch in Wirklichkeit keine starken Gefühle für sie übrig. Es war vielmehr der Bastard ohne Unterhose auf dem Rücksitz, den er haßte. Der Bastard, der uns unser sommerliches Fischen weitgehend verdorben hatte. Der mit Ködern fischende Bastard. Der mit Ködern fischende Bastard, der dadurch gegen alles verstoßen hatte, was uns unser Vater übers Fischen gelehrt hatte, daß er eine Hure und eine Kaffeedose mit Würmern mitbrachte, aber keine Angelrute. Der mit Ködern fischende Bastard, der seine Hure mitten in unserem Familienfluß gebumst hatte. Und nachdem er unser Bier getrunken hatte. Der Bastard direkt auf dem Rücksitz des Wagens, der unberührbar war, weil es da drei schottische Frauen gab.

Sie lief barfuß und bemühte sich, den Rest ihrer Sachen und seine Unterhose nicht zu verlieren, und so hatte Paul sie mit etwa zehn großen Schritten eingeholt. Im Laufen gab er ihr einen Tritt, ich glaube, genau dorthin, wo das ›LO‹ und das ›VE‹ sich trafen. Sekundenlang baumelten ihre Beine hinter ihr in der Luft. Es sollte ein geronnener Augenblick der Erinnerung werden.

Als ich mich rühren konnte, warf ich schnell zwei Blicke auf meinen Schwager und zählte bis vier. Die Vier war für jene vier Frauen auf der Straße, die bereit waren, ihn zu beschützen – eine mitten auf der Straße und die drei anderen in einem Haus ein Stück weiter unten.

Plötzlich erwuchs in mir eine Leidenschaft, eine Frau in den Arsch zu treten. Ich hatte nie zuvor solch eine Leidenschaft in mir bemerkt, aber jetzt übermannte sie mich. Ich sprang aus dem Wagen und holte sie ein, aber sie war schon vorher in den Arsch getreten worden, und zwar von Experten, und so verfehlte ich sie völlig. Trotzdem fühlte ich mich danach besser, weil ich es versucht hatte.

Paul und ich standen zusammen da und sahen zu, wie sie sich die Straße runter durch die Stadt aus dem Staube machte. Sie hatte keine Wahl. Sie wohnte auf der anderen Seite des Ortes, der in einer engen Schlucht liegt. Nachdem sie die Nähe ihres Zuhauses erreicht hatte, blieb sie mehrere Male stehen, um sich umzuschauen, und Paul und mir gefiel gar nicht, was wir sie nicht sagen hören konnten. Jedesmal taten wir dann so, als wollten wir wieder hinter ihr herlaufen, und sie schlich sich dann näher an ihre Bude heran. Schließlich waren sie und ihr Kleiderbündel verschwunden, und wir standen da mit dem auf dem Rücksitz. »Jetzt bleibt uns nichts anderes, als ihn nach Haus zu bringen«, sagte mein Bruder. Während wir zum Wagen zurückgingen, fügte er noch hinzu: »Du steckst in Schwierigkeiten.« »Ich weiß, ich weiß«, sagte ich. Aber eigentlich wußte ich es nicht. Ich wußte noch nicht, wie schottische Frauen aussehen, wenn sie darum kämpfen, sich ihren Stolz zu bewahren, und ihnen nicht mehr viele Gründe geblieben sind, ihn zu bewahren. Falls Sie irgendwelche Zweifel haben: sie können sich ihren Stolz bewahren.

Sogar Neal versuchte sich jetzt zusammenzureißen. Er versuchte sich etwas anzuziehen, bevor die Frauen ihn sahen. Er hatte seine Sachen neben dem Wagen auf einen Haufen geworfen, und als er seine Unterhose nicht finden konnte, versuchte er, in seine Hosen zu steigen, aber er geriet ins Stolpern und hörte nicht auf zu stolpern. Er hielt sich die Hose vor die Beine und versuchte sie einzuholen. Er stolperte so schnell, daß er hinter ihr herlief, aber er kam nie näher als auf Armeslänge an sie heran.

Er war außer Atem, als wir ihn einholten, und er keuchte, als wir ihm die Hose anzogen. Seine Füße waren für Schuhe zu geschwollen. Wir hängten ihm sein Hemd über die Schultern und ließen die Schöße flattern. Als wir ihn ins Haus brachten sah er aus wie etwas Gestrandetes, das wir auf einer Insel gefunden hatten.

Florence kam aus der Küche, und als sie sah, was Paul und ich brachten, trocknete sie sich die Hände an ihrem Geschirrtuch ab.

»Was habt ihr meinem Jungen angetan?« fragte sie die Brüder, die ihn auf den Beinen hielten.

Jessie kam aus der Küche nach, als sie ihre Mutter hörte. Sie war sowieso schon groß und rothaarig, und ich war vor ihr noch geschrumpft bei dem Versuch, ihren Bruder auf den Beinen zu halten.

»Du Bastard«, sagte sie zu mir. Der Bastard, den ich hielt, wog eine Tonne.

»Nein«, sagte Paul.

»Geh aus dem Weg«, forderte ich sie auf. »Wir müssen ihn ins Bett bringen.«

»Er hat einen schlimmen Sonnenbrand«, sagte Paul.

Die Frauen, mit denen zusammen ich aufgewachsen bin, haben nie rumgestanden und sich andere Lebensstile angelegt, wenn es etwas, besonders etwas Medizinisches, zu tun gab. Bei den meisten Menschen läuft sofort eine chemische Reaktion ab, so daß sie vor Schmerzen und körperlicher Entstellung zurückschrecken, aber die Frauen, mit denen ich aufgewachsen bin, wurden von medizinischen Dingen magnetisch angezogen.

»Wir müssen ihn ausziehen«, sagte Florence, wich zur Schlafzimmertür zurück und hielt sie auf.

»Ich hole Dotty«, sagte Jessie. Dotty war die examinierte Krankenschwester.

Neal wollte sich nicht von seiner Mutter ausziehen lassen, und seine Mutter hielt uns für ungeschickt und schubste uns ständig weg. Ehe es noch zu einer Szene kommen konnte, war Jessie mit Dorothy im Schlafzimmer. Ich hätte nie geglaubt, wie schnell eine Krankenschwester in ihre Uniform schlüpfen konnte, aber ich konnte das Rascheln der Wäschestärke hören, als sie durch die Tür kam. Als Neal die Stärke hörte, hörte er auf, sich uns entwinden zu wollen. Dorothy war klein und stämmig, und Jessie und ihre Mutter waren groß und hager, aber kräftig. Paul und ich standen am Bett und fragten uns, warum wir nicht imstande gewesen waren, ihm eine Hose und ein Hemd auszuziehen. Im Handumdrehen war er ein roter Kadaver auf einem weißen Laken.

Fast im selben Augenblick waren Paul und ich, die wir die ganze Welt in den Händen hielten, wenn wir eine Viereinhalbunzen-Rute in den Händen hielten, nicht einmal mehr Sanitäter. Wir waren kaltgestellt, als könnten wir nicht einmal Wasser heiß machen oder einen Verband finden oder ihn herbringen, wenn wir ihn fänden.

Als Jessie das erste Mal an mir vorbeikam, sagte sie befehlend: »Geh aus dem Weg.« Ich wußte, es hatte ihr nicht gefallen, als ich sie dazu aufgefordert hatte.

Aufgrund einer chemischen Reaktion wichen

Paul und ich zur Schlafzimmertür zurück, aber er kam mir zuvor und war schon unterwegs zu Black Jack's auf einen Drink, den auch ich nötig hatte. Ich kriegte allerdings die Schlafzimmertür nicht zu, bevor ich von drei Frauen heimgesucht werden sollte.

Sobald Florence ihren Jungen rot angelaufen sah, kam sie der Erkenntnis nahe, was Sache war. Bei schottischen Frauen geht das Medizinische dem Moralischen nur um ein Weniges voraus. Sie sah noch einmal hin, um sicher zu sein, daß Dorothy alles im Griff hatte, und dann rief sie mich.

Sie stand so steif vor mir, als posierte sie für David Octavius Hill, den schottischen Photographen des neunzehnten Jahrhunderts. Ihr Kopf hätte wegen der langen Belichtungszeit auch von einem unsichtbaren Stock im Nacken gestützt worden sein können. »Verrat mir mal«, sagte sie, »wie es kommt, daß er vom Scheitel bis zur Sohle verbrannt ist?«

Ich hatte nicht vor, es ihr zu verraten, und ich hatte auch nicht vor zu lügen, wenn auch aus keinem anderen Grunde, als daß ich wußte, ich würde damit nicht durchkommen. Ich hatte schon vor langem erfahren, manchmal zu meinem Kummer, daß schottische Frömmigkeit einhergeht mit einer vollständigen Vorkenntnis der Sünde. Das eben meinen wir mit der Erbsünde – wir brauchen gar keine Sünde zu begehen, um sie zu kennen.

Ich sagte ihr: »Er hatte keine Lust, mit uns fischen zu gehen, und als wir zurückkamen, lag er schlafend im Sand.«

Sie wußte, daß ich darüber nicht hinausgehen würde. Schließlich löste der Photograph des neunzehnten Jahrhunderts ihr Genick aus der Starre. »Ich liebe dich«, sagte sie, und ich wußte, es war ihr nichts anderes eingefallen. Ich wußte auch, daß sie es meinte. »Warum verkrümelst du dich hier nicht?« fügte sie noch hinzu.

»Wart mal«, sagte Dorothy zu mir und gab ihre Arbeit an Florence weiter. Dorothy und ich waren diejenigen, die in die Familie eingeheiratet hatten, und wir hatten oft das Gefühl, daß wir, wenn wir nicht zusammenhielten, einzeln aufgeknüpft würden. »Mach dir seinetwegen keine Sorgen«, sagte sie. »Verbrennungen zweiten Grades. Brandblasen. Hautschäden. Fieber. Ein paar Wochen. Mach dir seinetwegen keine Sorgen. Mach dir unseretwegen keine Sorgen. Wir Frauen werden damit fertig.

»Übrigens«, sagte sie, »warum verkrümelst du dich hier nicht mit Paul? Wir haben Ken, und er kann alles machen, und Neal ist sein Bruder.«

»Außerdem«, sagte sie, »ich glaube, du bist hier nicht einmal erwünscht. Du kannst ja nichts anderes machen als beobachten, und augenblicklich will niemand in der Familie beobachtet werden.«

Obwohl sie klein war, hatte sie große Hände. Sie nahm eine von meinen in eine der ihren und übte Druck aus. Ich faßte das als Verabschiedung auf und wandte mich zum Gehen, aber sie zog mich zurück, gab mir einen raschen Kuß und war wieder bei der Arbeit.

Es schien, als hätten sich die Frauen auf eine Art Pendelverkehr geeinigt, in dessen Verlauf zwei immer Neal bearbeiteten und eine mich. »Wart mal«, sagte Jessie, bevor ich die Tür hinter mir geschlossen hatte.

Ein Mann ist im Hintertreffen, wenn er mit einer Frau redet, die ebenso groß ist wie er, und ich hatte mich lange und schwer bemüht, dieses Handikap zu überwinden.

»Du kannst ihn nicht leiden, oder?« fragte sie.

»Weib«, fragte ich, »kann ich nicht dich lieben, ohne ihn leiden zu können?«

Sie stand einfach da und schaute mich an, also redete ich weiter und sagte mehr, als ich beabsichtigt hatte. Ich sagte Dinge, die sie längst wußte, aber möglicherweise auch etwas, das sie wieder einmal hören wollte. »Jessie«, sagte ich, »du weißt, ich kenne keinerlei Kartentricks. Ich kann ihn nicht leiden. Das wird sich nie ändern. Doch ich liebe dich. Aber hör auf, mich auf die Probe zu stellen, indem du mir keine Wahl läßt. Jessie, laß ihn nicht ...« Ich brach ab und fuhr nicht fort, weil ich wußte, ich hätte eine kürzere Form finden sollen, um das zu sagen, was ich bereits gesagt hatte.

»Laß ihn nicht was?« fragte sie. »Was wolltest du gerade sagen?«

»Ich weiß nicht mehr, was ich gerade sagen wollte«, erwiderte ich, »nur daß ich das Gefühl habe, ich habe die Verbindung zu dir verloren.«

»Ich versuche, jemandem zu helfen«, sagte sie. »Jemandem aus meiner Familie. Verstehst du das nicht?«

Ich sagte: »Das sollte ich wohl verstehen.«

»Ich kann aber nicht helfen«, sagte sie.

»Auch das sollte ich verstehen«, sagte ich.

»Wir reden schon zu lange«, sagte sie. »Warum fahrt ihr beide, Paul und du, nicht wieder zum Blackfoot und fischt nach Herzenslust weiter zu Ende? Hier bist du keine Hilfe. Aber wohin du auch gehst, du darfst nie die Verbindung zu mir verlieren.«

Obwohl sie sagte, wir hätten schon zu lange geredet, wich sie nur einen Schritt zurück. »Verrat mir mal«, fragte sie, »warum ist er vom Scheitel bis zur Sohle verbrannt?« Wenn es ums Fragenstellen geht, wiederholen sich in schottischen Töchtern die schottischen Mütter fast völlig.

Ich erklärte ihr, was ich ihrer Mutter erklärt hatte,

und sie machte ein Gesicht wie ihre Mutter, während sie zuhörte.

»Sag mal«, fragte sie, »hast du nicht zufällig, kurz bevor du Neal ins Haus gebracht hast, die Hure mit einem Arm voller Kleidung durch den Ort laufen sehen?«

»Von weitem«, antwortete ich ihr.

»Sag mal«, fragte sie, »wenn mein Bruder nächsten Sommer zurückkommt, wirst du dann versuchen, mir zu helfen, ihm zu helfen?«

Es brauchte eine lange Zeit, es zu sagen, aber ich sagte es. Ich sagte: »Ich will es versuchen.«

Dann sagte sie: »Er wird nicht zurückkommen.« Dann fügte sie hinzu: »Sag mir, wie kommt es, daß Menschen, die Hilfe brauchen, ohne Hilfe besser dran sind – jedenfalls nicht schlechter. Sie nehmen alle Hilfe in Anspruch, die sie kriegen können, und bleiben doch dieselben, die sie immer gewesen sind.«

»Nur daß sie einen Sonnenbrand haben«, sagte ich.

»Das ändert doch nichts«, sagte sie.

»Sag mir«, fragte ich sie, »wenn dein Bruder nächsten Sommer wiederkommt, werden wir beide dann versuchen, ihm zu helfen?«

»Falls er wiederkommt«, antwortete sie nickend. Ich meinte, Tränen in ihren Augen zu sehen, aber ich irrte mich. In meinem ganzen Leben sollte ich sie nicht weinen sehen. Und er sollte auch nie wiederkommen.

Ohne uns gegenseitig zu unterbrechen, sagten wir gleichzeitig: »Wir wollen unser Band niemals zerreißen.« Und das haben wir auch nie getan, obwohl ihr Tod zwischen uns getreten ist.

Sie sagte: »Geh aus dem Weg«, nur daß sie diesmal lächelte, als sie es sagte. Dann wollte sie mir die Tür vor der Nase zumachen. Als nur noch ein Spalt offen war, küßten wir uns, und mit einem Auge versuchte ich, an ihr vorbeizusehen. Sie hatten Neal vom Scheitel bis zur Sohle eingefettet wie einen Maiskolben zum Rösten. Sie hatten noch genügend Mullbinden zur Hand, um aus ihm eine richtige Mumie zu machen.

Ich ging zu Black Jack's und trank ein Glas mit Paul, und dann tranken wir noch eins. Er bestand darauf, beide Runden zu zahlen und noch nachts zum Blackfoot zurückzufahren. Er sagte: »Ich hatte um ein paar Tage Urlaub gebeten, und davon habe ich noch einen übrig.« Dann bestand er darauf, daß wir über Missoula fahren und die Nacht bei Vater und Mutter verbringen sollten. »Vielleicht«, sagte er, »können wir den alten Herrn dazu bringen, morgen mit uns fischen zu gehen.« Dann bestand er darauf, den Wagen zu fahren.

Unsere herkömmlichen Rollen waren vertauscht, und ich war der Bruder, der wegen der heilsamen Wirkung kühler Wasser zum Fischen mitgenommen wurde. Er wußte, daß ich für Neal verantwortlich gemacht wurde, und er mag wohl auch gemeint haben, daß meine Ehe zu zerbrechen drohte. Er hatte gehört, daß ich ein Bastard genannt worden war, und er war schon aus dem Haus, als ich und drei schottische Frauen uns öffentlich unsere Liebe füreinander erklärt hatten, unter Berücksichtigung der Einschränkungen, die Schotten solchen öffentlichen Erklärungen auferlegen. Tatsächlich fühlte ich mich herrlich von Liebe getragen und brach mehrere Male in Lachen aus, das ich anders nicht erklären kann, aber er könnte gedacht haben, daß ich versuchte, Tapferkeit zu zeigen angesichts des Schlamassels, den ich aus meinem Leben gemacht hatte. Ich weiß eigentlich nicht, was er dachte, aber er war ebenso zart, wie ich gewöhnlich zu ihm zu sein versuchte.

Unterwegs sagte er: »Mutter wird sich auch freuen, uns zu sehen. Aber sie ist immer ganz aufgeregt, wenn wir ohne rechtzeitige Vorankündigung auftauchen, also machen wir in Lincoln Station und telephonieren.«

»Ruf du sie an«, sagte ich. »Sie liebt deine Stimme.«

»Fein«, sagte er, »aber du mußt Vater bitten, mit uns zum Fischen zu kommen.«

So traf er die Vorkehrungen für unseren, wie sich herausstellte, letzten gemeinsamen Angelausflug. Er dachte an uns alle.

Obwohl wir telephoniert hatten, war Mutter aufgeregt, als wir nach Missoula kamen. Sie versuchte, in der Schürze ihre Hände zu ringen, Paul zu umarmen und zu lachen, und das alles gleichzeitig. Vater stand im Hintergrund und lachte lediglich. Ich fühlte mich immer noch herrlich und stand bloß im Hintergrund. Bei jedem unserer Familientreffen standen Mutter und Paul immer als Hauptattraktion im Mittelpunkt. Er beugte sich immer zurück und lachte, wenn er sie umarmte, aber sie konnte ihn bestenfalls umarmen und zu lachen versuchen.

Es war spät, als wir in Missoula ankamen. Wir hatten unterwegs extra nichts gegessen, obwohl es in Lincoln ein gutes Restaurant gibt, denn wir wußten, falls wir dort aßen, müßten wir in Missoula noch einmal essen. Zu Beginn des Abendbrots war Mutter besonders lieb zu mir, da sie mir bis dahin noch nicht viel Aufmerksamkeit geschenkt hatte, aber bald war sie mit frischen Brötchen zurück, und die für Paul bestrich sie mit Butter.

»Hier ist dein Lieblingsgelee, Würg-Kirschen«, sagte sie und reichte es ihm. Sie war eine gute Köchin, wenn es um Wild und Wildfrüchte ging, und sie hatte immer Würg-Kirschen-Gelee für ihn bereit. Irgendwann im Lauf der Zeit hatte sie vergessen, daß ich es war, der gerne Würg-Kirschen-Gelee aß, eine liebenswerte Verwechslung, die keiner ihrer Männer ihr krumm nahm.

Mein Vater und meine Mutter lebten jetzt im Ruhestand, und beide fanden keinerlei Gefallen daran, nicht mehr ›auf dem laufenden‹ zu sein, besonders meine Mutter nicht, die gewohnt war, ›die Kirche auf Trab zu halten‹. Für beide war Paul der Reporter, ihr Hauptkontakt mit der Wirklichkeit, der Protokollant der Welt, die ihnen jetzt abhanden kam und die sie sowieso nie besonders gut gekannt hatten. Er mußte ihnen Geschichte um Geschichte erzählen, selbst wenn sie manche davon nicht billigten. Wir saßen sehr lange am Tisch. Als wir gerade aufstanden, sagte ich zu Vater: »Wir hätten gern, wenn du morgen mit uns fischen gingest.«

»Oh«, sagte mein Vater, setzte sich wieder, entfaltete automatisch seine Serviette und fragte: »Bist du sicher, Paul, daß du mich dabeihaben willst? Ich kann manche dieser großen Kolke nicht mehr fischen. Ich kann nicht mehr waten.«

Paul sagte: »Sicher will ich dich. Wann immer du in die Nähe von Fischen kommen kannst, kannst du sie auch fangen.«

Für meinen Vater war es oberstes Gebot, das zu tun, was seine Söhne sich von ihm wünschten, besonders wenn das hieß, fischen zu gehen. Der Geistliche sah so aus, als ob seine Gemeinde ihn soeben gebeten hätte, zurückzukehren und seine Abschiedspredigt noch einmal zu halten.

Es wurde langsam später als ihre übliche Schlafenszeit, und es war ein langer Tag für Paul und mich gewesen, also kam mir der Gedanke, Mutter beim Geschirrspülen zu helfen, und dann würden wir uns für die Nacht verkriechen. Aber in Wirklichkeit wußte ich, daß es nicht so einfach sein würde, und sie wußten es auch. Kaum war das Abendessen nicht mehr unmittelbar beendet, da streckte und reckte sich Paul und sagte: »Ich glaube, ich zieh' mal durch die Stadt und geh' ein paar alte Kumpel besuchen. Ich bin bald wieder da, aber wartet nicht auf mich mit dem Schlafengeh'n.«

Ich half beim Geschirrspülen. Obwohl nur einer das Haus verlassen hatte, waren alle Stimmen verschwunden. Er war nach dem Essen lange genug geblieben, so daß wir dachten, er würde einen Abend zu Hause verbringen. Jeder von uns kannte einige seiner Freunde, und wir alle kannten seinen Lieblingskumpel, der groß war und nett zu uns, besonders zu Mutter. Er war gerade aus dem Gefängnis gekommen. Seine zweite Strafe.

Von dem Zeitpunkt, als meine Mutter dastand und auf die geschlossene Tür schaute, bis zu dem Augenblick, als sie zu Bett ging, sagte sie nur: »Gute Nacht.« Sie sagte es über die Schulter fast ganz oben auf der Treppe zu meinem Vater und zu mir.

Ich konnte nie sagen, wieviel mein Vater über meinen Bruder wußte. Ich nahm ganz allgemein an, daß er eine Menge wußte, denn es gibt in jeder Kirchengemeinde eine bedeutende Minderheit, die es für ihre Christenpflicht hält, den Pastor über die Pastorenkinder auf dem laufenden zu halten. Außerdem brachte mein Vater von Zeit zu Zeit das Gespräch mit mir auf Paul, als ob er ein neues Thema anschneiden wollte, und dann klappte er den Dekkel wieder zu, bevor das Thema so richtig ans Tageslicht kam.

»Hast du gehört, was Paul neulich gemacht hat?« fragte er.

Ich antwortete ihm: »Ich verstehe dich nicht. Ich höre alles mögliche über Paul. Hauptsächlich höre ich, daß er ein guter Reporter und ein guter Fischer ist.«

»Nein, nein«, sagte mein Vater. »Aber hast du nicht gehört, was er hinterher treibt?«

Ich schüttelte den Kopf.

Dann, so denke ich, machte er sich noch einmal Gedanken über das, was er dachte, und er schweifte

Gelbe Feder

Unterwasserströmung, wenn die Gelben Steinfliegen schlüpfen. Die kleineren Größen entsprechen einer Anzahl anderer Arten von Fliegenbrut.

ab von dem, was er sagen wollte. »Hast du nicht gehört«, fragte er mich, »daß er seine Schreibweise unseres Namens von Maclean zu MacLean geändert hat? Er schreibt ihn jetzt mit einem großen L.«

»Gewiß doch«, sagte ich. »Das weiß ich schon alles. Er hat mir erklärt, er habe die Nase voll gehabt davon, daß niemand seinen Namen richtig geschrieben hat. Sogar auf seinen Gehaltsschecks wurde er mit einem großen L geschrieben, also hat er sich schließlich entschlossen, seinen Namen so zu schreiben, wie es die andern tun.«

Mein Vater schüttelte den Kopf über meine Erklärung, deren Wahrheitsgehalt für ihn irrelevant war. Er murmelte vor sich hin, aber auch mir zu: »Es ist entsetzlich, unseren Namen mit einem großen L zu schreiben. Jetzt wird uns jemand für schottische Tieflandbewohner und nicht mehr für Insulaner halten.«

Er ging zur Tür und schaute hinaus, und als er zurückkehrte, stellte er mir keinerlei Fragen mehr. Er bemühte sich, mir etwas zu erklären. Er äußerte sich abstrakt, aber er hatte sein ganzes Leben damit zugebracht, die Abstraktionen auf seine Zuhörer zuzuschneiden, damit die Zuhörer keinerlei Schwierigkeiten hätten, seine Abstraktionen auf die Besonderheiten ihres Lebens anzuwenden.

»Du bist zu jung, um irgendwem zu helfen, und

ich bin zu alt«, sagte er. »Mit ›Hilfe‹ meine ich nicht so eine Gefälligkeit wie Würg-Kirschen-Gelee auf den Tisch zu bringen oder Geld zu verschenken.

Hilfe ist«, sagte er, »einen Teil von sich jemandem zu schenken, der ihn gerne annimmt und ihn sehr braucht.

Also ist es auch so«, sagte er und bediente sich dabei einer alten homiletischen Überleitung, »daß wir selten jemandem helfen können. Entweder wissen wir nicht, welchen Teil wir geben sollen, oder vielleicht wollen wir auch gar keinen Teil von uns geben. Dann kommt es häufiger vor, daß der Teil, der gebraucht wird, gar nicht gewünscht wird. Und noch häufiger, daß wir den Teil, der gebraucht wird, gar nicht haben. Es ist wie in dem Autoersatzteilladen drüben in der Stadt, wo es immer heißt: ›Tut uns leid, das haben wir gerade nicht vorrätig.‹«

Ich sagte ihm: »Du machst es zu schwierig. Hilfe muß doch nicht immer so etwas Großes sein.«

Er fragte mich: »Meinst du, deine Mutter hilft ihm, wenn sie ihm die Brötchen schmiert?«

»Schon möglich«, antwortete ich ihm. »Ja, ich denke tatsächlich, daß sie ihm damit hilft.«

»Meinst du, du hilfst ihm?« fragte er mich.

»Ich versuche es«, sagte ich. »Mein Problem ist nur, ich kenne ihn nicht. Eigentlich ist eines meiner Probleme, daß ich nicht einmal weiß, ob er überhaupt Hilfe braucht. Ich weiß es nicht, das ist mein Problem.«

»Das hätte mein Text sein sollen«, sagte mein Vater. »Herr, wir wollen ja helfen, aber wie, wenn es uns gerade daran mangelt?

Ich weiß immer noch zu fischen«, schloß er. »Morgen werden wir mit ihm fischen gehen.«

Ich lag lange wach und wartete, bis ich endlich einschlief. Ich spürte, wie auch der Rest des Stockwerks wartete.

Gewöhnlich stehe ich früh auf, um das Gebot zu befolgen, das nur manche von uns befolgen – sich nämlich früh zu erheben, um so viel von Gottes Tageslicht zu erleben, wie uns geschenkt ward. Ich hörte einige Male, wie mein Bruder meine Tür öffnete, mein Zudeck musterte und dann meine Tür schloß. Ich erwachte allmählich mit der Erinnerung, daß mein Bruder, was immer auch sein mochte, niemals zu spät zur Arbeit oder zum Fischen kam. Dem Erwachen einen Schritt näher, und ich erinnerte mich, daß dies der Ausflug war, bei dem mein Bruder für mich sorgte. Nun dämmerte mir langsam, daß er für mich Frühstück machte, und als diese Ahnung zur Erkenntnis wurde, stand ich auf und zog mich an. Alle drei saßen am Tisch, tranken Tee und warteten.

In einem Ton, als ob sie als Königin für einen Tag

aufgewacht wäre, sagte Mutter: »Paul hat das Frühstück für uns gemacht.« Darüber freute er sich so, daß er schon frühmorgens lächelte, aber als er mich bediente, sah ich genau hin und konnte die Äderchen in seinen Augen erkennen. Ein Fischer jedoch nimmt einen Kater als Selbstverständlichkeit hin – nach ein paar Stunden Fischen verschwindet er sowieso, bis auf den Flüssigkeitsverlust, aber dafür steht er ja wiederum den ganzen Tag über im Wasser.

Irgendwie kamen wir an dem Morgen nicht in die Gänge. Nachdem Paul und ich damals von zu Hause ausgezogen waren, hatte Vater seine Angelausrüstung verstaut, vermutlich in der Annahme, es sei für immer, und so konnte er sich jetzt nicht mehr daran erinnern, wo er sie verstaut hatte. Mutter mußte die meisten Dinge für ihn finden. Sie hatte keine Ahnung vom Fischen und den nötigen Geräten, aber sie wußte alle Dinge zu finden, selbst wenn sie nicht wußte, wie sie aussahen.

Paul, der gewöhnlich alle Leute nervös machte mit seiner Ungeduld, an den Strom zu kommen, redete auf Vater ein: »Immer mit der Ruhe. Es hat sich abgekühlt. Wir räumen heute ganz groß auf. Immer mit der Ruhe.« Aber mein Vater, von dem mein Bruder diese Ungeduld geerbt hatte, die Fliegen aufs Wasser zu bringen, schaute mich an, und ihm war anzusehen, daß ihm sein Alter und seine Unfähigkeit, sich zusammenzureißen, zuwider waren.

Meine Mutter mußte vom Keller bis zum Speicher alles durchforsten und auch in den meisten Schränken dazwischen nach einem Fischkorb suchen, während sie Lunchpakete für drei Männer machte, von denen jeder ein anderes Sandwich haben wollte. Nachdem sie uns in den Wagen verfrachtet hatte, prüfte sie jede Wagentür, damit auch ja keiner ihrer Männer herausfallen würde. Dann trocknete sie sich die Hände an ihrer Schürze, obwohl ihre Hände gar nicht naß waren, und sagte: »Gott sei Dank«, als wir davonfuhren.

Ich saß am Steuer, und ich wußte schon, bevor wir losfuhren, wohin es gehen würde. Es konnte nicht sehr weit oben am Blackfoot sein, weil wir erst spät losgefahren waren, und es mußte ein Wasserlauf mit drei oder vier tiefen Kolken für Paul und mich sein und einem guten Kolk mit einer nicht zu steilen Böschung, so daß Vater hinunterkraxeln konnte. Auch mußte, da er nicht durchs Wasser waten konnte, das gute Fischwasser auf dieser Seite des Flusses sein. Sie stritten sich, während ich fuhr, obwohl sie ebensogut wie ich wußten, wohin wir mußten, aber ein jeder in unserer Familie hielt sich eben für die führende Autorität in Sachen Fischen am Blackfoot River. Als wir an die Seitenstraße kamen, die zum Fluß oberhalb der Mündung des Belmont Creek führte, sprachen sie zum ersten Mal wie aus einem Munde. »Hier abbiegen«, sagten sie, und als ob ich ihren Anweisungen folgte, bog ich in die Richtung ab, die ich sowieso einschlagen wollte.

Die Seitenstraße brachte uns auf eine Ebene, die übersät war mit Geröllbrocken und Trespen. Kein Vieh graste hier, und Grashüpfer hoben ab wie Vögel und flogen weite Entfernungen, denn auf dieser Ebene ist der Weg weit zwischen den Weidegründen, sogar für Grashüpfer. Die Ebene selbst und ihre Ernte von Geröllbrocken sind die steinernen Überreste eines der großen geologischen Desaster. Die Ebene mag wohl das Ende des eiszeitlichen Sees gewesen sein, halb so groß wie der Michigan-See, der stellenweise zweitausend Fuß tief war, bis der Gletscherdamm barst und dieses hydraulische Monster von Gebirge auf die Ebenen im Osten von Washington gestemmt wurde. Hoch auf den Bergen oberhalb der Stelle, an der wir anhielten um zu fischen, sind die horizontalen Narben der Wundmale, die von vorbeiziehenden Eisbergen aufgerissen wurden.

Ich mußte vorsichtig zum Fluß fahren, wollte ich mit dem Wagen nicht direkt auf einem Geröllbrokken landen und so den Kurbelkasten kaputtmachen. Die Ebene hörte plötzlich auf, und die steile Böschung hinunter lag der Fluß, glitzerte silbern durch die Bäume und wurde dann blau, verglichen mit dem rot-grünen Felsenabhang. Eine andere Welt war zu sehen und zu spüren, auch eine andere Felsenwelt. Das grobe Geröll auf der Ebene hatte seine Gestalt bekommen von der letzten Eiszeit, die nur achtzehn- oder zwanzigtausend Jahre zurücklag, aber die roten und grünen präkambrischen Felsen an dem blauen Wasser stammten fast aus dem Urgrund der Welt und der Zeit.

Wir machten halt und schauten die Böschung hinunter. Ich fragte meinen Vater: »Erinnerst du dich, wie wir dort unten einmal eine Menge roter und grüner Steine gesammelt haben, um eine Feuerstelle zu bauen? Es waren rote Schlammsteine darunter mit Wellenlinien darauf.«

»Auf manchen waren Regentropfen«, sagte er. Seine Phantasie wurde immer von dem Gedanken beflügelt, im uralten Regen zu stehen, der auf den Schlamm prasselte, bevor daraus Felsen wurden.

»Vor fast einer Milliarde von Jahren«, sagte ich, denn ich wußte, was er dachte.

Er schwieg. Er hatte den Glauben aufgegeben, daß Gott alles, was es gab, einschließlich des Blackfoot River, nach einem Sechstage-Arbeitsplan geschaffen hatte, aber er glaubte nicht, daß die Aufgabe die Kräfte Gottes dermaßen angestrengt hatte, daß der Herr ewig brauchte, um sie zu vollenden.

»Vor fast einer *halben* Milliarde von Jahren«, sagte er dann, und das war sein Beitrag zur Versöhnung von Wissenschaft und Religion. Er eilte weiter, weil er keinen Augenblick seines Alters mit Diskussionen vergeuden wollte, es sei denn, es ging ums Fischen. »Wir haben die großen Brocken die Böschung raufgeschleppt«, sagte er, »aber jetzt kann ich die Böschung nicht mehr runterkriechen. Zwei Kolke weiter kommt der Fluß jedoch ins Offene, und da ist fast keine Böschung vorhanden. Da geh ich hin zum Fischen, und ihr fischt die beiden ersten Kolke. Ich werde in der Sonne warten. Ihr braucht euch nicht zu beeilen.«

Paul sagte: »Du schnappst sie dir«, und ganz plötzlich hatte Vater sein Selbstvertrauen wieder. Dann war er weg.

Wir konnten ab und zu einen kurzen Blick auf ihn erhaschen, wie er seinen Weg an dem Fluß entlang machte, der einst der Grund des großen eiszeitlichen Gletschersees gewesen war. Er trug seine Rute ausgestreckt vor sich, und hin und wieder schoß er mit ihr nach vorn, wobei er vielleicht irgendeine vererbte Erinnerung an den Eiszeitmenschen nachspielte, in der er ein haariges eiszeitliches

Mastodon aufspießte und dann zum Frühstück verzehrte.

Paul sagte: »Heute wollen wir zusammen fischen.« Da wußte ich, daß er immer noch für mich sorgte, denn wir haben uns fast immer getrennt, wenn wir fischten. »Fein«, sagte ich. »Ich wate durch den Fluß und fische auf der anderen Seite«, sagte er. Ich sagte wieder: »Fein«, und war doppelt gerührt. Auf der anderen Seite hatte man Felsenabhänge und Bäume im Rücken, also war vor allem der Rollwurf gefragt, und der war noch nie meine besondere Stärke. Außerdem strömte der Fluß hier mächtig, und es gab keine gute Stelle, um ihn zu durchwaten, und gleich nach dem Fischen war Paul darauf versessen, Flüsse mit der Rute in der Hand zu durchschwimmen. Wie sich nun zeigte, brauchte er hier nicht zu schwimmen, doch während er watete, stieg der Wasserschwall an seiner flußabwärts zeigenden Schulter, während hinter ihm das Wasser nicht höher ging als bis zu seiner Hüfte. Er stolperte an Land, was das Gewicht des Wassers in seinen Kleidern mit sich brachte, und dann winkte er mir mit großer Geste zu.

Ich ging die Böschung hinunter, um Fische zu fangen. Ein kühler Wind war aus Kanada herbeigeweht, ohne Gewitterstürme zu verursachen, also mußten die Fische vom Boden aufgestiegen sein, um wieder zu fressen. Wenn ein Hirsch ans Wasser kommt, schießt sein Kopf aus den Schultern hervor und zurück, damit er sehen kann, was vor ihm liegt, und ich blickte mich überall um, weil ich sehen wollte, welche Fliege ich nehmen sollte. Aber ich brauchte nicht weiter zu sehen als bis zu meinem Nacken und meiner Nase. Große, plumpe Fliegen platzten mir ins Gesicht, schwärmten mir im Genick und krabbelten mir in die Unterwäsche. Tölpelhaft und weichbäuchig waren sie zur Welt gekommen, bevor sie ein Gehirn hatten. Sie hatten ein Jahr unter Wasser auf Beinen verbracht, waren auf einen Felsen gekrochen, waren zu Fliegen geworden und hatten sich mit dem neunten oder zehnten Segment ihres Leibes begattet und waren dann gestorben, sobald der erste leichte Wind sie ins Wasser wehte, wo die Fische aufgeregt kreisten. Sie waren der Fleisch gewordene Traum eines Fisches – dumm, saftig und erschöpft von der Begattung. Und doch läßt sich nur schwer sagen, welch gewaltige Spanne des menschlichen Lebens – eben gemessen in Jahren unter Wasser – auf Beinen verbracht wird, verglichen mit einem verfrühten, erschöpften Augenblick auf Flügeln.

Ich setzte mich auf einen Baumstamm und öffnete meine Fliegenschachtel. Ich wußte, ich mußte eine Fliege nehmen, die diesen Fliegen genau entsprach, denn wenn eine so große Brut wie diese oder die Lachsfliege auf dem Wasser ist, rühren die Fische nichts anderes an. Zum Beweis: Paul hatte noch keinen Anbiß gehabt, soweit ich sehen konnte.

Ich schätzte, daß er nicht die richtige Fliege hatte, und ich wußte, ich hatte sie. Wie ich schon erklärt habe, verwahrte er seine sämtlichen Fliegen im Hutband. Er meinte, mit vier oder fünf Allgemeinen verschiedener Größe das Verhalten fast aller Insekten zu Lande oder zu Wasser in jedem Stadium von der Larve bis zum geflügelten Wesen nachahmen zu können. Er hat mich immer aufgezogen, weil ich so viele Fliegen mitnahm. »O je, o je«, sagte er dann, wenn er in meine Fliegenschachtel sah, »es müßte wunderbar sein, wenn ein Bursche von all diesen Fliegen auch nur zehn zu benutzen wüßte.« Aber ich habe ja schon die Biene erwähnt, und ich bin mir immer noch sicher, daß es Zeiten gibt, wenn eine Allgemeine keinen Fisch hinterm Busch hervorlockt. Die Fliege, die jetzt funktionieren würde, mußte eine große sein; sie mußte einen gelben, schwarz-gewickelten Leib haben, und sie mußte oben auf dem Wasser schwimmen, mit ausgebreiteten Flügeln, in der Art eines Schmetterlings, der einen Unfall hatte und seine Flügel auch nicht durch Flattern im Wasser trocknen kann.

Sie war so groß und auffällig, daß ich sie als erste

Fliege sah, als ich meine Schachtel aufmachte. Sie war eine sogenannte *Bunyan Bug*, und gebunden hatte sie ein Fliegenbinder in Missoula namens Norman Means, der ein ganzes Sortiment großer auffälliger Fliegen bindet, die alle Bunyan Bugs heißen. Sie werden alle um große Haken gebunden, Nr. 2 und Nr. 4, haben Leiber aus Kork mit steifem, kreuzweise geknüpftem Roßhaar, damit sie oben auf dem Wasser treiben wie Libellen auf dem Rükken. Die Korkkörper werden in verschiedenen Farben bemalt und dann mit Schellack versiegelt. Wahrscheinlich die größte und auffälligste der hundert Fliegen, über die mein Bruder sich amüsierte, war die Bunyan Bug Nr. 2 Gelbe Steinfliege.

Ich sah sie nur einmal an und kam mir vollkommen vor. Meine Frau, meine Schwiegermutter und meine Schwägerin hatten, eine jede auf ihre etwas obskure Art, mir erst kürzlich ihre Liebe erklärt. Ich, auf meine etwas obskure Art, hatte ihre Liebe erwidert. Ich würde womöglich meinen Schwager nie wiedersehen. Meine Mutter hatte das alte Angelgerät meines Vaters gefunden, und er fischte noch einmal mit uns. Mein Bruder kümmerte sich auf zarte Weise um mich und fing keinen einzigen Fisch. Ich war dabei, eine große Beute zur Strecke zu bringen.

Es ist schwer, Bunyan Bugs in den Wind zu werfen, weil Kork und Roßhaar sie bei aller Größe leicht machen. Aber wenn der Wind den Wurf auch verkürzt, wirkt er sich doch gleichzeitig so aus, daß die Fliege langsam und fast vertikal ins Wasser fällt, ohne verräterisches Klatschen. Meine Steinfliege hing noch über dem Wasser, als etwas, das wie ein Rennboot schien, an ihr vorbeischoß, sie hoch in die Luft schleuderte, sie umkreiste, auf dem sofortigen Rückweg weit den Schlund aufriß und über den mit einem Kreuz markierten Punkt, wo die Steinfliege sich niedergelassen hatte, hinwegbrauste. Dann verwandelte sich das Rennboot in ein Unterseeboot, verschwand mit allem an Bord, einschließlich meiner Fliege, und zog ins tiefe Wasser. Ich konnte der Rute nicht schnell genug Schnur geben, um mit dem, was verschwand, Schritt zu halten, und ich konnte seinen Kurs nicht ändern. Da ich nicht so schnell war wie das, was unter Wasser war, zwang ich es buchstäblich in die Luft. Von da, wo ich war, konnte ich, glaube ich, nicht sehen, was vor sich ging, aber mein Herz hing am Ende der Schnur und telegraphierte mir seine Eindrücke zurück, während es vor sich ging. Mein allgemeiner Eindruck war, daß sich das Leben im Wasser in ein Rodeo verwandelt hatte. Mein ganz besonderer Eindruck war, daß eine große Regenbogenforelle bockte, sich zweimal in der Luft überschlug, jedesmal gegen meine Schnur knallte und sich von der Fliege losriß, die in die Weite segelte. Meine deutliche Information war, daß der Fisch sich keinmal neugierig umschaute. Meine einzig greifbare Information war, daß nach dem Einholen der Schnur nichts an deren Ende war als ein bißchen Kork und ein paar Haare vom Schwanz eines Pferdes.

Die Steinfliegen waren genauso dick wie zuvor, Fische tummelten sich noch immer im ruhigen Wasser, und ich war ein wenig gewitzter. Ich nehme nicht gerne Belehrungen an, nicht einmal von mir selber, aber bevor ich die Angel das nächste Mal auswarf, machte ich mir die Tatsache klar, daß große Regenbogenforellen sich manchmal in ruhige Gewässer begeben, weil Wasserinsekten manchmal in ruhigen Gewässern oder in deren Nähe schlüpfen. »Sei bereit«, sagte ich mir, ein altes Kriegslied im Kopf. Ich befolgte meinen eigenen Rat und hielt ein paar Schlaufen Schnur extra in meiner linken Hand bereit, um der ersten Runde der nächsten großen Regenbogenforelle, die sich im ruhigen Wasser tummelte, ein wenig die Spannung zu nehmen.

An diesem wundervollen Nachmittag, als alle Dinge zusammenkamen, brauchte ich nur einen Wurf, einen Fisch und einen zögernd befolgten Ratschlag, um Vollkommenheit zu erreichen. Mir ist keiner mehr entwischt.

Von da an ließ ich sie so weit ziehen, daß sie bisweilen quer über den Fluß schossen und direkt vor Paul aus dem Wasser sprangen.

Als ich klein war, hatte mir eine Lehrerin verboten, ›vollkommener‹ zu sagen, denn sie sagte, wenn etwas schon vollkommen ist, läßt es sich nicht steigern. Aber inzwischen hatte ich genug vom Leben gesehen, um mein Vertrauen in das Wort wiedergewonnen zu haben. Vor zwanzig Minuten hatte ich mich vollkommen gefühlt, aber inzwischen nahm mein Bruder schon den Hut ab und wechselte nach ein paar Würfen wieder seine Fliegen. Ich wußte, er hatte keine solche Spezielle wie eine Bunyan Bug Nr. 2 Gelbe Steinfliege dabei. Ich hatte fünf oder sechs große Regenbogenforellen in meinem Korb, der mir langsam auf der Schulter weh tat, also ließ ich ihn am Ufer zurück. Hin und wieder schaute ich mich um und lächelte dem Korb zu. Ich konnte hören, wie er auf den Felsen hüpfte und umfiel. So sehr ich auch gegen die Grammatik verstoßen mochte, fühlte ich mich doch mit jeder Regenbogenforelle vollkommener.

Kurz nachdem mein Korb einen extra großen Hüpfer gemacht hatte, gab es einen ungeheuren Klatscher im Wasser gleich links von der Stelle, wo ich mit der Rute stand. »Mein Gott«, dachte ich, bevor ich noch hinschauen konnte, »das gibt es doch nicht, daß so etwas Großes im Blackfoot schwimmt«, und als ich hinzuschauen wagte, war da nichts als ein großer Kreis, der immer größer und größer wurde. Schließlich lief die erste Welle an meinen Knien vorbei. »Das muß ein Biber sein«, dachte ich. Ich wartete darauf, daß er auftauchte, als etwas hinter mir klatschte. »Mein Gott«, sagte ich wieder, »ich hätte doch gesehen, wenn ein Biber unter Wasser an mir vorbeigeschwommen wäre.« Während ich mir den Hals nach hinten verrenkte, klatschte das Etwas direkt vor mir ins Wasser, zu dicht, um angenehm zu sein, aber dicht genug, daß ich beobachten konnte, was unter Wasser vor sich ging. Der Schlick stieg auf vom Grund wie Rauch von der Stelle, wo der Blitz eingeschlagen ist. Ein ziemlich großer Felsbrocken hockte an der Stelle, von der der Rauch aufstieg.

Während ich zwischen meiner Vergangenheit und dem gegenwärtigen Felsen eine Beziehung herstellte, klatschte es wieder heftig vor mir, aber diesmal machte ich mir nicht die Mühe, beiseite zu springen.

Biber, zum Teufel! Ohne hinzuschauen wußte ich, das war mein Bruder. Es passierte nicht oft in diesem Leben, nur wenn sein Angelkumpel Fische fing und er keine. Das war ein Anblick, wenn auch ein sehr seltener, den er nicht ertragen konnte. Also

Bunyan Bug Gelbe Steinfliege

Gebunden von Norman Means.

machte er seinem Kumpel den Kolk kaputt, selbst wenn es der seines Bruders war. Ich blickte gerade noch rechtzeitig nach oben, um zu sehen, wie ein ziemlich großer Stein vom Himmel fiel, und ich duckte mich zu spät, um mich vor dem aufspritzenden Wasser zu schützen.

Er hatte den Hut abgenommen, und er drohte mir mit der Faust. Ich wußte, er hatte einmal um sein Hutband herum gefischt, bevor er die Steine warf. Ich erwiderte seinen Gruß mit der Faust und watete ans Ufer, wo mein Korb immer noch hüpfte. In meinem ganzen Leben war ich der Behandlung mit Steinen bis jetzt nur ein paarmal unterzogen worden. Ich fühlte mich vollkommener denn je.

Es machte mir nichts aus, daß er den Kolk kaputtmachte, bevor ich meinen Korb gefüllt hatte, denn es gab noch einen großen Kolk zwischen uns und Vater. Es war ein schönes Stück Wasser, das vor steilen Abhängen und im Schatten lag. Der Kolk, in dem ich gerade gefischt hatte, lag weitgehend im Sonnenlicht – es hatte sich abgekühlt, aber es war noch warm genug, so daß der schattige Kolk vor mir sogar noch besser sein mußte als der in der Sonne, und ich durfte wohl keine Schwierigkeiten haben, meinen Korb mit einer Bunyan Bug Nr. 2 Gelben Steinfliege bis zum Rand zu füllen.

Paul und ich schritten fast die ganze Länge des ersten Kolks ab, bis wir hören konnten, was wir uns über den Fluß zubrüllten. Ich wußte, er haßte es, wenn man ihn brüllen hörte: »Wobei haben sie angebissen?« Das letzte viersilbige Wort ›angebissen‹ schallte als Echo immer wieder übers Wasser und stellte mich zufrieden.

Als die Echos verstummten, brüllte ich zurück: »Gelbe Steinfliegen.« Diese Worte sagten sich immer wieder von selber, bis sie im Rauschen des Flusses versanken. Er drehte und drehte seinen Hut in den Händen.

Möglicherweise schämte ich mich nun ein wenig meiner selbst. »Ich habe sie mit einer Bunyan Bug gefangen«, brüllte ich. »Willst du eine haben?«

»Nein«, brüllte er, bevor ›willst du eine‹ Zeit hatte, als Echo zu erschallen. Dann liefen ›willst du eine‹ und ›nein‹ an dem Wendepunkt aneinander vorbei.

»Ich komme mit einer rübergewatet«, sagte ich durch den Trichter meiner Hände. Das ist ein langer Satz, wenn man ihn über einen Fluß ruft, und der erste Teil trifft, wenn er zurückkommt, auf den letzten Teil, der dann gerade beginnt. Ich wußte nicht, ob er verstanden hatte, was ich gesagt hatte, aber der Fluß antwortete immer noch: »Nein.«

Während ich in dem ruhigen, schattigen Wasser

stand, bemerkte ich so halb, daß keine Steinfliegen schlüpften, und ich hätte länger über das, was ich sah, nachdenken sollen, doch statt dessen ertappte ich mich bei Gedanken über den Charakter. Irgendwie scheint es natürlich, daß man sich Gedanken über den Charakter macht, wenn man jemanden überholt hat, besonders über den Charakter dessen, der hinter einem geblieben ist. Ich mußte daran denken, wie mein Bruder sich, wenn es hart auf hart ging, immer auf sich selbst besann, um sich aus der Klemme zu befreien. Er dachte nie daran, Fliegen von mir zu erbitten. Ich hatte eine ganze Runde von Gedanken über dieses Thema, bevor ich zur Wirklichkeit und zu Gelben Steinfliegen zurückkehrte. Ich mußte daran denken, daß er zwar mein Bruder war, aber auch manchmal dickköpfig. Ich verfolgte diesen Gedankengang bis zu den Griechen zurück, die glaubten, daß es einen sogar das Leben kosten könne, wenn man jede Hilfe ablehnt. Dann erinnerte ich mich plötzlich daran, daß mein Bruder fast immer Gewinner blieb, und das oft deswegen, weil er sich keine Fliegen lieh. Also kam ich zu dem Schluß, daß unsere Reaktion auf den Charakter an einem beliebigen Tag weitgehend abhängig ist von der Reaktion der Fische auf den Charakter an demselben Tag. Und bei dem Gedanken an die Reaktion der Fische schaltete ich schnell wieder zurück zur

Wirklichkeit und sagte mir: »Ich habe immer noch einen Kolk vor mir.«

Ich brachte keinen Anbiß zustande, und ich sah keine Steinfliege, und es war derselbe Fluß wie weiter oben, wo ich vor ein paar Minuten mein Limit hätte fangen können, wenn mein Bruder keine Steine ins Wasser geworfen hätte. Meine preiswürdige Bunyan Bug kam mir wie auch den Fischen langsam wie eine Fälschung vor. Sie kam mir vor wie eine schwimmende Matratze. Ich warf sie flußaufwärts und ließ sie so natürlich abwärts treiben, als wäre sie gestorben. Dann ließ ich sie ins Wasser plumpsen, als wäre sie dort hingeweht. Dann ließ ich sie, während ich sie einzog, im Zickzack zucken, als ob sie sich von selbst zum Flug erheben wollte. Aber sie behielt offensichtlich das Aussehen einer schwimmenden Matratze. Ich nahm sie ab und versuchte es mit verschiedenen anderen Fliegen. Im Wasser waren keine Fliegen, nach denen ich mich hätte richten können, und aus dem Grunde waren auch keine Fische zu sehen.

Ich warf nun unter meiner Hutkrempe Blicke über den Fluß. Paul ging es nicht viel besser. Ich sah ihn einen fangen, und er drehte sich bloß um und brachte ihn gemächlich ans Ufer, also konnte es sich um keinen besonderen Fisch handeln. Ich fühlte mich ein bißchen weniger vollkommener.

Dann begann Paul etwas zu tun, was er praktisch niemals tat, jedenfalls nicht mehr seit der Zeit, als er alt genug für Überheblichkeiten war. Er fing plötzlich an, flußaufwärts zu fischen, noch einmal das Wasser zu durchkämmen, in dem er gerade erst gefischt hatte. Das ist eher meine Art, wenn ich das Gefühl habe, ich habe den Kolk nicht richtig gefischt oder nicht aus der richtigen Ecke, aber wenn mein Bruder in einem Kolk fischte, nahm er an, daß hinterher darin nichts mehr war, was ihn zu einer Sinnesänderung bewegen könnte.

Ich war so von den Socken, daß ich mich an einen großen Felsen lehnte, um ihn zu beobachten.

Fast auf der Stelle holte er sie von Anfang an aus dem Wasser. Wahre Kaventsmänner, und er vergeudete auch nicht viel Zeit, sie zu landen. Ich fand, daß er ihnen zu wenig Schnur gab und sie zu schnell herausholte, aber ich wußte, was er im Schilde führte. Er rechnete damit, in diesem Kolk abzuräumen, und er wollte es nicht darauf ankommen lassen, daß auch nur ein einziger Fisch durchs Wasser peitschte und alle übrigen verjagte. Jetzt hatte Paul einen an der Angel, und er hielt die Schnur so stramm, daß er den Fisch hoch in die Luft zwang. Als der Fisch sprang, lehnte Paul sich mit seiner Rute zurück und schlug den Fisch wieder ins Wasser. Der war jetzt voller Luft und schoß über die Wasseroberfläche, sein Schwanz ganz der Propeller eines Wasserflugzeugs, bis er seine Unterwasserkammern richtig eingestellt hatte und wieder eintauchen konnte.

Ein paar gingen ihm durch die Lappen, aber er muß zehn gehabt haben, als er zum Kopfende des Kolks zurückkehrte.

Dann blickte er über den Fluß und sah mich neben meiner Rute sitzen. Er fing wieder an zu fischen, hörte auf und warf noch einen Blick zu mir herüber. Er legte die Hände an den Mund und brüllte: »Hast du Georges Nr. 2 Gelbe Hechel mit der Feder und ohne Roßhaarflügel?« Es war ein schnelles Wasser, und ich kriegte nicht gleich alle Wörter mit. ›Nr. 2‹ schnappte ich zuerst auf, weil das ein verdammt großer Haken ist, und dann ›George‹, weil er unser Angelkumpel war, und dann ›gelb‹. Mit dieser Information sah ich in meiner Schachtel nach und ließ die anderen Wörter sich später zu einem Satz formen.

Mit einer übervollen Schachtel Fliegen zum Fischen zu gehen, so wie ich es tue, hat den einen Nachteil, daß ich die meiste Zeit doch nicht die richtige Fliege habe.

»Nein«, gestand ich ihm übers Wasser, und das Wasser wiederholt die Geständnisse immer wieder.

»Ich komme rüber«, rief er zurück und watete flußaufwärts.

»Nein«, brüllte ich ihm nach und meinte damit, hör nicht meinetwegen auf zu fischen. Man kann über einen Fluß hinweg keinen mitgemeinten Sinn vermitteln, und wenn man es kann, ist er leicht zu ignorieren. Mein Bruder ging zum unteren Ende des ersten Kolks, wo das Wasser seicht war, und watete durch den Fluß.

Als er schließlich bei mir ankam, hatte ich inzwischen das meiste von dem zusammengetragen, was er benutzt haben mußte, um dahinterzukommen, wobei die Fische anbissen. Von dem Augenblick, als er anfing, flußauf zu fischen, war seine Rute dermaßen schräg und seine Schnur dermaßen schlaff, daß er mit einer Naßfliege gefischt haben mußte, die er untertauchen ließ. Tatsächlich war die Schnur so schlaff, daß er die Fliege fünf oder sechs Zoll hatte eintauchen lassen. Als ich also in diesem Kolk so fischte wie im letzten – mit einer Korkfliege, die hoch oben auf dem Wasser schwimmt –, kämpfte ich die letzte Schlacht. Der Haken ›Nr. 2‹ verriet mir selbstverständlich, daß es ein höllisch großes Insekt war, aber ›gelb‹ konnte alles mögliche bedeuten. Meine große Frage in dem Augenblick, als er zu mir kam, lautete: »Beißen sie bei irgendeinem Wasserinsekt im Larven- oder Nymphenstadium, oder beißen sie bei einer ertrunkenen Fliege?«

Er gab mir einen Klaps auf die Schulter und eine

von Georges Nr. 2 Gelben Hechelfliegen mit Federflügel. Er sagte: »Sie fressen ertrunkene gelbe Steinfliegen.«

Ich fragte ihn: »Wie bist du darauf gekommen?«

Er dachte an das zurück, was passiert war, wie ein Reporter. Er setzte zu einer Antwort an, schüttelte den Kopf, als er merkte, daß er sich irrte, und fing dann noch einmal an. »Denken ist nichts weiter«, sagte er, »als etwas Bemerkenswertes sehen, das dich etwas sehen läßt, was du noch nicht bemerkt hast, das dich etwas sehen läßt, was nicht einmal sichtbar ist.«

Ich sagte zu meinem Bruder: »Gib mir eine Zigarette, und sag, was du meinst.«

»Tja«, sagte er, »zuerst ist mir an diesem Kolk aufgefallen, daß mein Bruder nichts fing. Nichts fällt einem Fischer mehr auf, als daß sein Partner nichts fängt.

Das ließ mich erkennen, daß ich keine Steinfliegen an diesem Kolk hatte fliegen sehen.«

Dann fragte er mich: »Was ist deutlicher zu erkennen auf Erden als Sonnenschein und Schatten, aber bis ich wirklich gesehen hatte, daß hier keine Steinfliegen schlüpfen, hatte ich gar nicht bemerkt, daß der obere Kolk, wo sie schlüpfen, weitgehend in der Sonne und dieser Kolk im Schatten lag.«

Ich hatte sowieso schon Durst, und die Zigarette

machte meinen Mund noch trockener, also schnippte ich die Zigarette ins Wasser.

»Da wußte ich«, sagte er, »wenn Fliegen in diesem Kolk waren, so mußten sie von dem oberen Kolk kommen, der in der Sonne liegt, wo es heiß genug ist, daß sie schlüpfen.

Danach hätte ich sie tot im Wasser sehen müssen. Da ich sie aber nicht tot im Wasser sehen konnte, wußte ich, sie mußten mindestens sechs oder sieben Zoll unter Wasser sein, wo ich sie nicht sehen konnte. Also habe ich da gefischt.«

Er lehnte sich gegen einen großen Felsen und verschränkte dabei die Hände hinter dem Kopf, um dem Felsen die Härte zu nehmen. »Stell dich da ins Wasser und versuch's mit Georges Nr. 2«, sagte er und zeigte auf die Fliege, die er mir gegeben hatte.

Ich fing nicht sofort einen, und ich erwartete das auch nicht. Meine Seite des Flusses war das ruhige Wasser, die richtige Seite für den oberen Kolk, wo die Steinfliegen schlüpften, aber die ertrunkenen Steinfliegen wurden in dem gewaltigen Wasser auf der anderen Seite dieses Kolks weggespült. Nach dem sechsten oder siebten Wurf tauchte jedoch auf der Oberfläche ein kleiner Kreis auf. Ein kleiner Kreis heißt gewöhnlich, daß ein kleiner Fisch an die Oberfläche gestiegen ist, aber er kann auch heißen, daß ein großer Fisch sich unter Wasser gewälzt hat.

Wenn es ein großer Fisch unter Wasser ist, sieht er nicht so sehr wie ein Fisch aus, sondern vielmehr wie die Wölbung eines Regenbogens, der erschienen und verschwunden ist.

Paul wartete nicht einmal ab um zu sehen, ob ich ihn landete. Er kam angewatet, um mit mir zu reden. Er redete immer weiter, als ob ich Zeit hätte, ihm zuzuhören und einen großen Fisch zu landen. Er sagte: »Ich wate wieder zurück und werde den Rest des Kolks abfischen.« An einem Punkt sagte ich: »Ja«, und als der Fisch aus dem Wasser kam, versagte mir die Sprache, und als der Fisch davonzog, sagte ich am Schlußpunkt: »Das mußt du mir noch einmal von vorn erzählen.«

Schließlich verstanden wir uns. Er wollte wieder durch den Fluß waten und auf der anderen Seite fischen. Wir mußten beide ziemlich zügig fischen, weil Vater wahrscheinlich schon auf uns wartete. Paul warf seine Zigarette ins Wasser und war weg, ohne zu sehen, ob ich den Fisch an Land brachte.

Nicht nur war ich auf der falschen Seite des Flusses, um mit ertrunkenen Steinfliegen zu fischen, Paul war mit seinem Rollwurf auch so gut, daß er meine Seite weitgehend schon von seiner abgefischt hatte. Aber ich fing doch noch zwei. Auch die waren anfangs kleine Kreise, die aussahen wie kleine Fische, die an der Oberfläche fraßen, sich aber dann als gebrochene Wölbungen großer Regenbogen unter Wasser erwiesen. Nachdem ich diese beiden gefangen hatte, gab ich auf. Damit waren es zehn, und die drei letzten waren die feinsten Fische, die ich je gefangen hatte. Es waren nicht die größten oder spektakulärsten Fische, die ich gefangen hatte, aber es waren die drei Fische, die ich gefangen hatte, weil mein Bruder durch den Fluß gewatet war, um mir die Fliege zu geben, mit der sie gefangen werden sollten, und weil es die letzten Fische waren, die ich je beim Fischen mit ihm gefangen habe.

Nachdem ich meine Fische geputzt hatte, trennte ich diese drei von den andern durch eine Schicht aus Gras und wilder Minze.

Dann hängte ich mir den schweren Korb um und ruckelte so lange unter dem Schultergurt, bis er nicht mehr einschnitt, und dachte: »Ich bin fertig für heute. Ich werde hingehen und mich zu meinem Vater auf die Böschung setzen und reden.« Dann fügte ich hinzu: »Wenn ihm nicht nach reden zumute ist, werde ich nur dasitzen.«

Ich konnte vor mir die Sonne sehen. Aus dem Schatten erweckte das jäh aufleuchtende Licht den Eindruck, daß ich und ein Fluß aus dem Innern der Erde jetzt gleich auf Erden erscheinen würden. Obwohl ich bis jetzt nur das Sonnenlicht selbst sehen konnte und nichts, was sich darin befand, wußte ich, daß mein Vater irgendwo auf der Böschung saß. Das wußte ich zum Teil deswegen, weil wir beide oft den gleichen Impulsen folgten, selbst wenn es darum ging, zur ungefähr gleichen Zeit aufzuhören. Ich war mir sicher, ohne jetzt schon in das hineinsehen zu können, was vor mir lag, daß er irgendwo in der Sonne saß und das Neue Testament auf griechisch las. Ich wußte das sowohl instinktiv wie aus Erfahrung.

Das Alter hatte ihm Augenblicke vollkommenen Friedens gebracht. Selbst wenn wir auf Entenjagd gingen und das Getöse der frühmorgendlichen Schüsse vorüber war, saß er im Ansitz, eingehüllt in eine alte Militärdecke, mit seinem griechischen Neuen Testament in der einen und seiner Flinte in der anderen Hand. Wenn zufällig eine verirrte Ente vorbeikam ließ er das Buch fallen und nahm die Flinte zur Hand, und, nachdem das Schießen vorbei war, nahm er wieder das Buch zur Hand, wobei er gelegentlich seine Lektüre unterbrach, um seinem Hund für das Apportieren der Ente zu danken.

Die Stimmen des unterirdischen Flusses im Schatten klangen anders als die Stimmen des im Sonnenlicht liegenden Flusses vor mir. Im Schatten der Klippen war der Fluß tief, tief verwickelt in Abgründigkeiten, und er kehrte kreisend zu sich selbst zurück und sagte sich alles noch einmal, um sicherzugehen, daß er sich selbst verstanden hatte. Aber der Fluß vor mir trat hinaus in die sonnige Welt wie eine Plaudertasche und bemühte sich mit allen Kräften, freundlich zu sein. Er verbeugte sich mit einer Biegung vor dem einen Ufer und dann vor dem anderen, damit nichts und niemand sich vernachlässigt fühlen würde.

Inzwischen konnte ich jetzt auch in der Sonne sehen und hatte meinen Vater ausgemacht. Er saß oben auf der Böschung. Er hatte keinen Hut auf. Im Sonnenlicht stand sein ausgebleichtes rotes Haar noch einmal in aller Herrlichkeit in Flammen. Er las gerade, wenn auch allem Anschein nach nur satzweise, denn oft blickte er auf von dem Buch. Er schloß das Buch erst einige Zeit, nachdem er mich gesehen hatte.

Ich kletterte die Böschung hinauf und fragte ihn: »Wie viele hast du bekommen?« Er sagte: »Ich habe alle bekommen, die ich haben wollte.« Ich sagte: »Aber wie viele hast du bekommen?« Er sagte: »Ich habe vier oder fünf.« Ich fragte: »Sind sie auch gut?« Er sagte: »Sie sind schön.«

Er war wohl der einzige Mann, den ich je gekannt habe, der das Wort ›schön‹ als einen ganz natürlichen Ausdruck gebrauchte, und ich glaube, ich habe mir das Wort angewöhnt, weil ich als kleiner Junge immer mit ihm zusammen war.

»Wie viele hast du gefangen?« fragte er. »Ich habe auch alle gefangen, die ich haben wollte«, sagte ich ihm. Er unterließ es, mich zu fragen, wie viele das genau waren, aber er fragte mich doch: »Sind sie auch gut?« »Sie sind schön«, antwortete ich ihm und setzte mich neben ihn.

»Was liest du denn da?« fragte ich. »Ein Buch«, sagte er. Es lag auf dem Boden neben ihm auf der anderen Seite. Damit ich mir nicht die Mühe machen mußte, über seine Knie zu gucken, um es zu sehen, sagte er: »Ein gutes Buch.«

Dann verriet er mir: »In dem Abschnitt, den ich gerade gelesen habe, heißt es, am Anfang war das Wort, und das stimmt. Ich habe früher immer gedacht, daß das Wasser zuerst da war, aber wenn du aufmerksam lauschst, wirst du hören, daß die Worte unter dem Wasser sind.«

»Das kommt daher, weil du zuerst Geistlicher bist und dann erst Fischer«, sagte ich ihm. »Wenn du Paul fragst, wird er dir sagen, daß die Worte aus Wasser geformt werden.«

»Nein«, sagte mein Vater, »du hörst nicht genau zu. Das Wasser fließt über die Worte. Dasselbe wird dir auch Paul sagen. Wo ist Paul überhaupt?«

Ich sagte ihm, er sei zurückgegangen, um noch einmal im ersten Kolk zu fischen. »Aber er hat versprochen, bald hier zu sein«, versicherte ich ihm.

Norman Maclean

»Er wird hier sein, wenn er sein Limit gefangen hat«, sagte er. »Er wird bald hier sein«, versicherte ich ihm noch einmal, teilweise auch deswegen, weil ich ihn schon in den unterirdischen Schatten sehen konnte.

Mein Vater wandte sich wieder der Lektüre zu, und ich versuchte mich auf das zu besinnen, was wir gesagt hatten, indem ich zuhörte. Paul fischte zügig, holte hier einen heraus und dort einen und vergeudete keine Zeit, mit ihnen ans Ufer zu gehen. Als er direkt gegenüber von uns angekommen war, hielt er an jeder Hand einen Finger hoch, und mein Vater sagte: »Er braucht noch zwei, um sein Limit zu erfüllen.«

Ich sah nach, wo das Buch geöffnet war, und ich konnte gerade genügend Griechisch, um das Wort *λόγος* zu erkennen. Das und die Erörterung brachten mich darauf, daß ich den Ersten Vers des Johannes vor mir sah. Während ich hinsah, sagte mein Vater: »Er hat einen dran.«

Es war schwer zu glauben, denn er fischte vor uns auf der anderen Seite des Kolks, in dem mein Vater soeben gefischt hatte. Vater stand langsam auf, fand einen Stein von beträchtlicher Größe und versteckte ihn hinter seinem Rücken. Paul brachte den Fisch an Land und watete wieder hinaus, um Nummer Zwanzig zu fangen und sein Limit zu erfüllen. Als er gerade seinen ersten Wurf machte, warf Vater den Stein. Er war alt genug, so daß er ungeschickt warf und sich hinterher die Schulter reiben mußte, aber der Stein landete ungefähr an der Stelle im Fluß, wo Pauls Fliege landete, und auch ungefähr zur selben Zeit, also kann man sehen, wo mein Bruder gelernt hat, Steine ins Fischwasser seines Partners zu werfen, wenn er es nicht ertragen konnte mitanzusehen, wie sein Partner noch mehr Fische fing.

Paul war nur einen Augenblick verdutzt. Dann entdeckte er auf der Böschung unseren Vater, der sich die Schulter rieb, und Paul lachte, winkte ihm mit der Faust, wich ans Ufer zurück und ging flußabwärts, bis er nicht mehr in Steinwurfweite war. Von dort watete er ins Wasser und warf wieder die Angel aus, aber nun war er so weit weg, daß wir weder seine Schnur noch deren Schleifen sehen konnten. Er war ein Mann mit einem Stab in einem Strom, und was immer auch geschah, wir mußten es erraten aus dem, was der Mann und der Stab und der Strom taten.

Während er hinauswatete, schwenkte sein mächtiger rechter Arm vor und zurück. Mit jedem Kreis seines Arms schwoll sein Brustkorb. Jeder Kreis kam schneller und ging höher und dauerte länger, bis sein Arm kühn allem trotzte und sein Brustkorb sich gegen den Himmel wölbte. Am Ufer waren wir uns sicher, auch wenn wir keine Schnur sehen konnten, daß die Luft über ihm zum Singen gebracht wurde von den Schleifen der Schnur, die nie das Wasser berührten, aber mit jedem Mal immer größer und größer wurden, wenn sie vorbeizogen und sangen. Und wir erkannten an der wachsenden Kühnheit seines Arms, was in seinem Kopf vorging. Er würde es nicht zulassen, daß seine Fliege das Wasser in Ufernähe berührte, wo die kleinen und mittleren Fische waren. Von seinem Arm und Brustkorb wußten wir, daß alles an und in ihm sagte: »Keinen kleinen Fisch als letzten.« Alle Kraft ging in einen großen Wurf nach einem letzten großen Fisch.

Von unserem Sitzplatz oben auf der Böschung konnten mein Vater und ich sehen, wo der Stab in der Ferne die Fliege zuerst das Wasser berühren lassen würde. Mitten im Fluß war ein Eisberg aus Stein, von dem nur die Spitze aus dem Wasser ragte, und darunter befand sich ein Felsenhaus. Das erfüllte alle Wohnbedingungen für den Aufenthalt großer Fische – mächtige Wasser, die Nahrung an die Vorder- und Hintertür bringen, und Ruhe und Schatten im Innern.

Mein Vater sagte: »Da muß ein großer Fisch da draußen sein.«

Ich sagte: »Ein kleiner könnte da draußen nicht leben.«

Mein Vater sagte: »Der große würde ihn da gar nicht leben lassen.«

Mein Vater konnte an der Größe von Pauls Brustkorb erkennen, daß er die nächste Schleife fliegen lassen wollte. Der Brustkorb konnte gar nicht mehr größer werden. »Ich wollte da draußen fischen«, sagte er, »aber ich konnte nicht so weit werfen.«

Pauls Körper drehte sich um die eigene Achse, als wollte er einen Golfball dreihundert Yards weit treiben, und sein Arm ging hoch in den großen Bogen, und die Spitze seines Stabs bog sich wie eine Stahlfeder, und dann sprang und sang alles.

Plötzlich stand alles still. Der Mann war reglos. Es war keine Kurve, keine Kraft in dem Stab. Er zeigte auf zehn Uhr, und zehn Uhr zeigte auf den Felsen. Für einen Augenblick sah der Mann aus wie ein Lehrer mit einem Zeigestock, der einem Felsen etwas über einen Felsen erläuterte. Nur Wasser bewegte sich. Irgendwo über der Spitze des Felsenhauses wurde eine Fliege in so mächtigem Wasser mitgerissen, daß da nur ein großer Fisch sein konnte, um sie zu sehen.

Dann lud sich das Universum elektrisch auf. Der Stab sprang zuckend, als er in Kontakt kam mit dem magischen Strom der Welt. Der Stab wollte der rechten Hand des Mannes entspringen. Dessen Linke schien einem Fisch hektisch Lebwohl zu winken, versuchte aber in Wirklichkeit, der Rute genügend Schnur zu geben, um die Spannung zu drosseln und den Stoß dessen zu dämpfen, was mit einem Schlag angebissen hatte.

Alles schien elektrisch geladen, aber ohne geschlossene Kontakte. Elektrische Funken erschienen hier und da auf dem Fluß. Ein Fisch sprang so weit flußabwärts, daß er außerhalb des elektrischen Feldes des Mannes schien, aber als der Fisch sprang, hatte der Mann sich in die Rute gelegt, und in dem Moment war der Fisch wieder ins Wasser gepurzelt, ohne daß er selbst über sein Wiedereintauchen entschieden hätte. Die Verbindung zwischen den Zukkungen und den Funken wurde durch Wiederholung klarer. Wenn der Mann sich in die Rute legte und der Fisch nicht ganz aus eigener Macht wieder ins Wasser eintauchte, lud sich der Stab unter Zukkungen erneut auf, winkte die Hand des Mannes hektisch ein weiteres Lebwohl zu, und viel weiter unten sprang wieder ein Fisch. Die Verbindungen machten daraus ein- und denselben Fisch.

Der Fisch unternahm drei solcher langen Fluchten, bevor ein weiterer Akt des Schauspiels begann. Obwohl in den Akt ein großer Mann und ein großer Fisch verwickelt waren, sah es doch eher aus wie ein Kinderspiel. Die linke Hand des Mannes begann heimlich die Schnur einzuholen, und dann, als ob auf frischer Tat ertappt, gab er sie wieder der Rute frei, während der Fisch das merkte und noch einmal flüchtete.

»Er wird ihn schon kriegen«, versicherte ich meinem Vater.

»Ohne Zweifel«, sagte mein Vater. Die ausgeworfene Schnur wurde kürzer als was die linke Hand einholte.

Als Paul ins Wasser hinter sich schaute, wußten wir, daß er den Fisch drillen und ans Ufer bringen wollte, ohne aber in einen Kolk oder auf einen Felsen zurückzuweichen. Wir konnten erkennen, daß er den Fisch mit dem Drillen in seichtes Wasser gebracht hatte, denn er hielt die Rute höher und höher, weil er den Fisch daran hindern wollte, auf irgend etwas am Grund zu stoßen. Als wir gerade glaubten, die Vorstellung sei vorbei, zuckte der Stab, und der Mann schoß durchs Wasser einer unsichtbaren Macht hinterher, die in die Tiefe flüchtete.

»In dem Hurensohn steckt immer noch Kampfkraft«, sagte ich, wie ich meinte, zu mir, aber unmißverständlich sprach ich es laut aus, und es war mir peinlich, es vor meinem Vater laut ausgesprochen zu haben. Er sagte nichts.

Noch zwei oder drei weitere Male brachte Paul ihn in Ufernähe, nur mit dem Ergebnis, daß er wirbelte und wieder in die Tiefe zurückkehrte, aber selbst aus der Ferne konnten mein Vater und ich das Verebben der Kraft unter Wasser spüren. Die Rute ging hoch in die Luft, und der Mann bewegte sich rasch, aber gleichmäßig rückwärts, und diese Bewegungen, in Ereignisse übertragen, bedeuteten, der Fisch hatte versucht, einen Augenblick auf dem Wasser auszuruhen, und der Mann hatte schnell die Rute hochgerissen und ihn ans Ufer geschleudert, noch ehe der Fisch auf den Gedanken kam, wieder unter Wasser zu verschwinden. Er schleuderte ihn über die Felsen zurück auf eine Sandbank, ehe der entsetzte Fisch keuchte und merkte, daß er im Sauerstoff nicht leben konnte. In zu später Verzweiflung erhob sich der Fisch im Sand und verzehrte sich in den verbliebenen Augenblicken des Lebens darin, den Todestanz auf dem Schwanz zu tanzen.

Der Mann legte den Stab hin, ging im Sand auf Hände und Knie und umkreiste ihn so wie ein Tier ein anderes Tier und wartete. Dann schoß die Schulter schnurstracks vor, und mein Bruder stand auf, wandte sich uns zu und erklärte sich mit erhobenem Arm zum Sieger. Etwas Riesiges baumelte von seiner Faust. Wären Römer die Zuschauer gewesen, sie hätten gemeint, daß das, was da baumelte, einen Helm aufhätte.

»Damit hat er sein Limit«, sagte ich zu meinem Vater.

»Er ist schön«, sagte mein Vater, obwohl doch mein Bruder gerade erst sein Limit in dem Kolk gefangen hatte, den mein Vater schon abgefischt hatte.

Dies war der letzte Fisch, den wir Paul je fangen sehen sollten. Mein Vater und ich haben über diesen Augenblick öfter gesprochen, und was immer auch unsere Gefühle gewesen sein mögen, fanden wir es doch angemessen, daß wir, als wir ihn seinen letzten Fisch fangen sahen, überhaupt nie den Fisch sahen, sondern nur die Kunstfertigkeit des Fischers.

Während mein Vater meinen Bruder beobachtete, streckte er die Hand aus, um mich zu tätscheln, aber er griff daneben, und so mußte er mir seine Augen zuwenden, um mein Knie zu finden, und es noch einmal versuchen. Er muß gemeint haben, daß ich mich vernachlässigt fühlte, und daß er mir zu verstehen geben sollte, daß er auch auf mich stolz war, wenn auch aus anderen Gründen.

Der Fluß war ein bißchen zu tief und zu schnell, wo Paul ihn zu durchwaten versuchte, und er wußte das auch. Er duckte sich über dem Wasser, und er hatte die Arme ausgebreitet, um das Gleichgewicht zu halten. Wer darin geübt war, große Flüsse zu durchwaten, hätte selbst aus der Ferne mit ihm spüren können, wie die Kraft des Wassers seine Beine schwächte und so wacklig machte, daß sie jederzeit unter ihm davonzuschwimmen bereit waren. Er schaute flußabwärts, um abzuschätzen, wie weit es zu einer Stelle war, wo der Fluß leichter zu durchwaten ware.

Mein Vater sagte: »Er wird sich nicht die Mühe machen, flußabwärts zu gehen. Er wird den Fluß durchschwimmen.« Zur gleichen Zeit dachte Paul das gleiche und verstaute seine Zigaretten und Streichhölzer unter seinen Hut.

Mein Vater und ich saßen auf der Uferböschung und lachten uns zu. Keinem von uns fiel es ein, ans Ufer zu eilen, für den Fall, daß er, die Rute in der rechten Hand und einen mit Fischen gefüllten Korb an der linken Schulter, Hilfe brauchte. In unserer Familie war es keine große Sache für einen Fischer, einen Fluß mit Streichhölzern im Haar zu durchschwimmen. Wir lachten uns zu, weil wir wußten, daß er verdammt gut und naß durchkommen würde, und wir lebten in ihm, und wir wurden mit ihm über die Felsen gespült und hielten in irgendeiner Hand seine Rute hoch.

Während er aufs Ufer zukam, fing er sich und stand auf den Beinen, und dann haute es ihn wieder um, und, als er wieder stand, kam mehr von ihm zum Vorschein, und er stolperte ans Ufer. Er blieb nie stehen, um sich zu schütteln. Er kam die Böschung heraufgestürmt, wobei er Wassermoleküle und Bilder von sich versprühte, um uns zu zeigen, was aus seinem Korb ragte, und er spritzte uns voll, wie ein junger Entenjagdhund, der in seiner Freude vergißt, sich vor dem Näherkommen zu schütteln.

»Wir wollen sie alle ins Gras legen und ein Photo von ihnen machen«, sagte er. Also leerten wir unsere Körbe und ordneten die Fische der Größe nach und photographierten uns abwechselnd gegenseitig, wie wir sie und uns bewunderten. Die Photos wurden so wie die meisten Amateurschnappschüsse von gefangenen Fischen – die Fische waren weiß, weil die Bilder überbelichtet waren, und sahen nicht so groß aus, wie sie tatsächlich waren, und die Fischer sahen verschüchtert aus, als ob ein Fremdenführer die Fische für sie gefangen hätte.

Allerdings ist mir eine Großaufnahme von ihm vom Ende dieses Tages im Gedächtnis haften geblieben, als wäre sie fixiert worden in einem chemischen Bad. Gewöhnlich hatte er, kurz nachdem er zu Ende gefischt hatte, wenig zu sagen, es sei denn, er meinte, er hätte besser fischen können. Anderenfalls lächelte er lediglich. Jetzt tanzten ihm Fliegen ums Hutband. Große Wassertropfen liefen unter seinem Hut hervor, flossen über sein Gesicht und dann auf seine Lippen, als er lächelte.

Am Ende dieses Tages nun sehe ich ihn in meiner Erinnerung zweifach vor mir, als ferne Abstraktion in Kunstfertigkeit und als Nahaufnahme in Wasser und Gelächter.

Mein Vater war immer verlegen, wenn er gezwungen war, jemanden aus seiner Familie zu loben, und seine Familie war immer verlegen, wenn er sie lobte. Mein Vater sagte: »Du bist ein feiner Fischer.«

Mein Bruder sagte: »Ich bin ganz gut mit der Rute, aber ich brauche noch drei Jahre, bis ich wie ein Fisch denken kann.«

Da ich mich erinnerte, daß er sein Limit dadurch gefangen hatte, daß er zu Georges Nr. 2 Gelber Hechel mit einem Federflügel übergegangen war, sagte ich, ohne zu wissen, wieviel ich sagte: »Du weißt jedenfalls bereits wie eine tote Steinfliege zu denken.«

Wir saßen auf der Böschung, und der Fluß zog vorbei. Wie immer rauschte er für sich, und nun gab er uns sein Rauschen kund. Es ließen sich schwerlich drei Männer finden, die Seite an Seite saßen und besser wußten, was der Fluß sagte.

Am Big Blackfoot River oberhalb der Mündung des Belmont Creek säumen hohe Ponderosakiefern die Böschungen. In der schräg einfallenden Sonne des Spätnachmittags reichten die Schatten der großen Äste über den Fluß, und die Bäume nahmen den Fluß in ihre Arme. Die Schatten setzten sich die Böschung hinauf fort, bis sie uns einschlossen.

Ein Fluß jedoch hat so viele Dinge zu sagen, daß

es schwer zu erfahren ist, was er einem jeden von uns sagt. Als wir unser Angelgerät und die Fische in den Wagen packten, wiederholte Paul: »Gib mir nur noch drei Jahre.« Damals war ich von der Wiederholung überrascht, aber später wurde mir klar, daß der Fluß irgendwann, irgendwo auch mir gesagt haben mußte, daß mein Bruder kein solches Geschenk erhalten würde. Denn als der Polizeisergeant Anfang Mai des folgenden Jahres mich vor Anbruch des Tages weckte, stand ich auf und stellte keine Fragen. Zusammen fuhren wir über die Kontinentale Wasserscheide und den Big Blackfoot River hinunter, über Waldböden, die gelb und bisweilen weiß waren von Schneelilien, um meinem Vater und meiner Mutter zu sagen, daß man meinen Bruder mit einem Revolvergriff totgeschlagen und seine Leiche in eine kleine Gasse geschmissen hatte.

Meine Mutter wandte sich um und ging in ihr Schlafzimmer, wo sie sich, in einem Haus voller Männer und Ruten und Flinten, den meisten ihrer großen Probleme allein ausgesetzt hatte. Sie sollte mir nie eine Frage stellen über den Mann, den sie am meisten liebte und am wenigsten verstand. Vielleicht wußte sie genug, um zu wissen, daß es für sie genug war, ihn geliebt zu haben. Er war wahrscheinlich der einzige Mann auf der Welt, der sie in den

Armen gehalten, sich zurückgelehnt und gelacht hatte.

Als ich mit meinem Vater geredet hatte, fragte er: »Gibt es noch etwas, das du mir erzählen kannst?«

Ich sagte schließlich: »Nahezu alle Knochen seiner Hand waren gebrochen.«

Er war fast an der Tür, als er sich umdrehte und nach Bestätigung verlangte. »Bist du sicher, daß die Knochen seiner Hand gebrochen waren?« fragte er. Ich wiederholte: »Nahezu alle Knochen seiner Hand waren gebrochen.« »Welcher Hand?« fragte er. »Seiner rechten Hand«, antwortete ich.

Nach dem Tod meines Bruders konnte mein Vater nicht mehr sehr gut gehen. Es war für ihn ein Kampf, die Füße zu heben, und wenn er sie hochkriegte, kamen sie etwas unkontrolliert wieder auf den Boden. Von Zeit zu Zeit mußte ich Pauls gebrochene rechte Hand erneut bestätigen; dann schlurfte mein Vater wieder davon. Er konnte nicht in gerader Linie schlurfen, weil es ihm Mühe machte, die Füße zu heben. Wie viele schottische Geistliche vor ihm mußte er, was er an Trost finden konnte, aus dem Glauben ziehen, daß sein Sohn im Kampf gestorben war.

Einige Zeit jedoch bemühte er sich um mehr, woran er sich halten konnte. »Hast du mir auch bestimmt alles erzählt, was du über seinen Tod weißt?« »Alles.« »Das ist nicht viel, nicht wahr?« »Nein«, erwiderte ich, »aber man kann vollkommen lieben, ohne vollkommen zu verstehen.« »Das weiß ich, und das habe ich gepredigt«, sagte mein Vater.

Einmal kam mein Vater mit einer anderen Frage zurück. »Meinst du, ich hätte ihm helfen können?« fragte er. Selbst wenn ich noch länger überlegt hätte, hätte ich dieselbe Antwort gegeben. »Meinst du, ich hätte ihm helfen können?« fragte ich. Wir standen wartend da, aus Achtung füreinander. Wie kann eine Frage beantwortet werden, die ein ganzes Leben von Fragen stellt?

Nach einer langen Pause kam er mit einer Frage, die zu stellen es ihn von Anfang an getrieben haben mußte. »Meinst du, es war bloß ein Überfall, aus dem er sich idiotischerweise durch einen Kampf befreien wollte? Du weißt, was ich meine – daß es in keinem Zusammenhang stand mit irgendeiner Sache aus seiner Vergangenheit?«

»Die Polizei weiß es nicht«, sagte ich.

»Aber weißt du es?« fragte er, und ich spürte die stillschweigende Bedeutung.

»Ich habe dir gesagt, daß ich dir alles berichtet habe, was ich weiß. Wenn du mich weit genug treibst – alles, was ich wirklich weiß, ist, daß er ein feiner Fischer war.«

»Du weißt mehr als das«, sagte mein Vater. »Er war schön.«

»Ja«, sagte ich, »er war schön. Das mußte er auch sein – du hast ihn unterwiesen.«

Mein Vater sah mich lange an – er sah mich einfach an. Dann haben wir nie wieder miteinander über Pauls Tod gesprochen.

Indirekt jedoch war er in vielen unserer Gespräche gegenwärtig. Einmal zum Beispiel stellte mein Vater mir eine Reihe von Fragen, die mich plötzlich stutzen ließen, ob ich wenigstens meinen Vater verstand, dem ich mich näher fühlte als jedem anderen Mann, den ich je gekannt habe. »Du erzählst doch gern wahre Geschichten, oder?« fragte er, und ich antwortete: »Ja, ich erzähle gerne Geschichten, die wahr sind.«

Dann fragte er: »Wenn du irgendwann mit deinen wahren Geschichten fertig bist, warum erfindest du dann nicht eine Geschichte und die Menschen, die dazugehören? Erst dann wirst du verstehen, was passiert ist und warum.

Es sind die, mit denen wir leben und die wir lieben und die wir kennen sollten, die sich uns entziehen.«

Jetzt sind fast alle, die ich geliebt und nicht verstanden habe, als ich jung war, tot, aber ich strecke noch immer die Hand nach ihnen aus.

Natürlich bin ich jetzt zu alt, um noch viel als Fischer zu taugen, und jetzt fische ich natürlich meistens allein an den großen Wassern, auch wenn manche Freunde meinen, das sollte ich nicht. Wie viele Fliegenfischer im Westen von Montana, wo die Sommertage von fast arktischer Länge sind, fange ich oft erst in der Abendkühle an zu fischen. Dann, im arktischen Halblicht des Canyons, geht alles Sein auf in einem Wesen mit meiner Seele und meinen Erinnerungen und den Geräuschen des Big Blackfoot River und einem Viertakt-Rhythmus und der Hoffnung, daß ein Fisch erscheint.

Schließlich verschmelzen alle Dinge zu einem, und aus der Mitte entspringt ein Fluß. Der Fluß entstand durch die große Weltenflut, und er fließt über Felsen aus dem Urgrund der Zeit. Auf manchen Felsen sind zeitlose Regentropfen. Unter den Felsen sind die Worte, und manche der Worte sind bei den Felsen.

Ich werde von Wassern verfolgt.

Keri Hulme

Unter dem Tagmond

Roman

Aus dem Englischen von Joachim A. Frank

Band 10173

Dieses Buch ist beseelt von der Mythen- und Symbolwelt der Maori. Es ist ein heftiges, in mehrfacher Hinsicht verstörendes Buch und spielt in einer entlegenen Gegend an der Küste Neuseelands, einer urwüchsigen, von Stürmen und Regen heimgesuchten Landschaft. Im Zentrum der Geschichte stehen drei Menschen, eine Frau, ein Mann, ein Junge, die eine seltsame Art von Familie bilden, ohne zusammenzugehören, alle drei von ihren eigentlichen Möglichkeiten abgeschnittene, gebrochene Figuren. Zwischen ihnen kommt es in einem schicksalhaften Prozeß der Annäherungen und Mißverständnisse zu einem verzweiflungsvollen Drama widerstreitender Gefühle, und erst nachdem sie alle ihre individuellen Höllen durchmessen haben, finden sie ihre Form des Zusammenlebens, dessen Schilderung freilich mythisch, fast religiös überhöht ist.

Keri Hulme hat ein ungewöhnliches, äußerst eindrucksvolles Buch geschrieben über die Verlorenheit des einzelnen.

Fischer Taschenbuch Verlag

fi 1507 / 6

Richard Ford

Wildlife
Wild Leben

Roman

Aus dem Amerikanischen von Martin Hielscher

Band 11299

Joe ist sechzehn Jahre alt, als er im Laufe von drei Tagen die Ehe seiner Eltern zerbrechen sieht. Sein Vater hat seine Arbeit als Golfprofi beim örtlichen Golfclub verloren und schließt sich den Mannschaften an, die in den Hügeln hinter der Stadt einen großen Waldbrand bekämpfen. Seine Mutter Jeanette hat sich in einen älteren wohlhabenden Mann verliebt und ist entschlossen, die Familie zu verlassen. Beide, Mutter und Vater, machen den Sohn zum Zeugen dessen, was sie tun, zum Gesprächspartner und Vertrauten. Als Joes Vater zurückkehrt, versucht er in wilder Eifersucht, das Haus des Liebhabers seiner Frau anzuzünden. All dies ist durch Joes Augen gesehen, und seine Unschuld, seine Trauer, geben dem Roman eine unvergleichliche Intensität. Joe versteht sowohl seine Mutter als auch seinen Vater, und er versucht verzweifelt, die Familie zu erhalten.

Fischer Taschenbuch Verlag

fi 1938 / 7

Jayne Anne Phillips

Sommercamp

Roman

Aus dem Amerikanischen von Karin Kersten

Band 13787

August 1963. In der wildromantischen Szenerie West Virginias hat ein Sommercamp seine Zelte aufgeschlagen. Tagaus tagein werden dort Pfadfinderinnen, allesamt zwischen zehn und fünfzehn Jahren alt, auf Trab gehalten. Sie marschieren, turnen, reiten, schießen, schwimmen und stecken die Köpfe zusammen: Lenny, Alma, Delia und Cap. Bald erweist sich freilich, daß jede der vier Unzertrennlichen dunkle Geheimnisse mit sich herumträgt. Cap ist ein ungeliebtes Kind, Delias Vater kam unter ungeklärten Umständen ums Leben, Alma wird von ihrer Mutter zur Mitwisserin einer außerehelichen Affäre gemacht, und Lenny quälen bedrückende Erinnerungen. Aber auch abseits des Camps »Shelter«, das seinen sprechenden Namen mehr als einmal Lügen straft, kommen die Mädchen mit dem Bösen in Berührung, denn im Wald, da sind die Räuber: ein herumstreunender Bibelfanatiker, ein ehemaliger Sträfling, ein verstörter kleiner Junge. Die bedrohliche Spannung entlädt sich schließlich in einem folgenschweren Akt der Gewalt.

Fischer Taschenbuch Verlag

fi 503 / 7

ROCK
Salish Mts.
Flathead Lake
Mission Range
Swan
Sth. Fork Flathead
Lewis Range
Swan Range
Flathead
Clark Fork
Bitterroot Range
Missoula
Big Blackfoot
Clark Fork
Bitterroot
KANADA
Clark
Missouri
Fort Peck L.
MONTANA
Yellowstone
Billings
Dillon
IDAHO
WYOMING
Anaconda
Anaconda Range